이중 연습

# 이중 연습
## 정나란

시간의흐름 시인선 2

나의 것과 동일한 어둠을 가진 당신의 말이
이 닫힌 무한의 세계에 있음에,
사라진 말들이 여기 머물고 있음에 안도하며

* 각 시의 첫 행은 여섯 줄을 비우고 시작했다.
* 같은 시 안에서 다음 연의 첫 행이 다음 쪽에서
  시작할 때는 세 줄을 비웠다.

차례

# 마침내 동그라미 되지 못한 너에게

— 이곳을 열고 들어오기 전

빛을 보았던가, 새가 창에 부딪쳤던가. 말들을
제외한 소리들 남아서 파, 하, 사, 그, 흐 웃는 얼굴
나타났다 사라진다. 얼굴은 얼굴인데 얼굴은 얼굴이며
동그라미에 가까운데 동그라미 되려는 찰나 웃음은
날아와 동그라미 스치고 얼굴은 동그라미 잃는다.
동그라미 허물어지고 허물어진 흔적 허공에 파문
일으키며 조금 더 멀리, 조금 더 멀리, 생성, 생성,
파문, 파열, 움직임 멈추지 않아/보이지 않는 것들은
멈추지 않는다/사라진다.

잃는 순간, 교차하는 어둠과 세계의 덧문. 열고 닫기를
반복하는 손과 그 손을 붙잡는 사람 나타나지 않았다.
덧창에 갇혀 풀려나지 못한 정원의 햇빛처럼 동그라미
허물어지자 얼굴에서 얼굴이 위치한 허공으로
몰려나오는 표정은 은과 돌, 풀의 표면과 여름날
엎드려 듣는 빗소리에 가깝다.

어떤 방에서도 너를 찾을 수 없는 날, 찾을 방을 더

만들기로 했다. 방은 태초의 어둠을 반복했다. 태초는
신의 세계를 벗어나기 위한 다른 신의 시작. 구덩이를
파는 것일까. 방을 만드는 것일까. 거리의 소음들이
멀어져갈 때 라디오에서 잘못된 전파를 타고 온
소리들이 울려온다. 한 번도 덥힌 적 없는 방의 공기는
진동에 밀려, 아득하고 무겁게 바닥으로 내려앉는다.
그 어떤 열기가 방이 구덩이가 아니라는 것을
알려주는 것처럼 너는 천천히 안도하며 식은 밥을
차려놓고 한 입씩 밀어 넣는다. 숟가락을 내려놓고
너는 밥이 너를 멈춘다고 생각한다.

# 바닥은 깊은 노란색


그럴 때 너는 얼굴을 바닥에 묻고 더 물을 것이 없는가
생각했다. 생각은 생각 이전에 생각을 하는 이보다
깊은 것으로 도착한 측면이 있어 너는 얼굴을 묻고
얼굴을 물을 방법을 묻는 너는. 너 자신 무엇인지.
어디서 온 것인지 묻는 것이었다. 묻는 것마다 물음은
더 오래된 물음을 끌어오고 있었다. 어느 여름
빗소리에 잠긴 너의 몸체가 바닥에서 일어나지 않은
채 지치고 무거운 것이 되어 올라올 기미가 보이지
않을 때 묵직하고 서늘한 체온이 너를 잡아 흔들어
밥상 앞에 너를 앉히곤 했다. 그것이 너무 오래되어
왔기에 너는 너를 붙잡는 감촉을 느낄 때 서둘러 눈을
감는다.

신의 새어 나간 발음을 보았다고 누군가 옆에서
말했다. 옷걸이 아래 앉은 너의 머리로 카키색 외투가
닿을락 말락 하고 난로 위의 주전자에서 김이 오르고
어느 누구도 마시지 않는 물이 겨우내 끓고 있는
때에 서둘러 눈길을 거두고, 창문 밖으로 걸어가는

사람들은 곧 넘어질 것이다라고 너는 말하며 짧게
웃는다.

과거의 물음은 닫힌 항아리의 입구처럼 캄캄한
우주가 되었네.

유선형의 겨울을 타고 들어가 혀를 내밀고 겨울의
겨울, 겨울의 입구에 혀를 가져다 댄다. 서늘하고
따스한 것이 맞닿은 곳. 우리를 자주 구원하던 그늘의
신. 신과 다른 신의 포개짐. 우는 자를 일으켜 세우는
온도.

## 지 금  여 기  외 투 를  벗 어 두 고

창을 열면 바다가 보이는 마을에서 살았던 때. 그것은
거대한 사람의 가슴팍 같았고 서늘했고 신이었고
일렁이고 두려웠으며 비가 거꾸로 쉼 없이 내리고
있는 세계였다.

　　너는 자주 물구나무를 섰다. 나는 자주 물구나무를
서는 기분을 물구나무를 서지 않고도 알 수 있으며
물구나무를 실패하는 것이 두려워 거꾸로 서 있는 너를
모르는 척했다.

　　열여덟의 반에 해당하는 나이. 십을 넘어가지 않는
그 숫자를 부르지 않는다. 십이 안 되는 숫자가 어린
것에 갇혀버린 숫자가 될까 봐. 지금 여기 외투를
벗어두고 모자를 걸어두고 가방이 허물어지듯 놓여
있는 이곳의 시간이 그때와 무엇이 다른가. 나는
드디어 방을 찾았다. 그것이 통째로 들어 있는 방. 그
방을 찾았을 때 나는 다시 방 밖으로 나갈 뻔했다. 찾은
것이 찾은 것인 줄 믿을 수 없어서. 믿는 것은 어떤
딱딱한 의지의 종착과 같은 것임을 예감하고 있었고
믿는 것을 두려워하였다.

많은 것을 잃어버렸다고 했을 때, 잘못 주운 것을 담은 검은 비닐봉지를 들고 스물한 날 낮과 밤을 거리에서 보낸 희끗한 모습으로 내가 네 앞에 섰을 때 너는 한 뼘 안에서 멀어지고 사라지는 작고 흰 점이었다. 네가 영영 사라질까 봐 두려운 마음을 진정시키는 연속이 화면 속의 흑점처럼 흐르던 날이었다. 나는 열여덟의 반에 해당하는 나이를 살았고 너 또한 그랬는데 네가 살다 온 세계는 내가 알지 못하는 나이, 깊고 검고 거대한 바다의 밑바닥 같아서 그 바닥의 아이 같아서, 아이지만 아무도 알 수 없는 나이를 가진 아이라서 너는.

깊고 검푸른 속에서 잠시 이 세계의 시야에 드러난 아이라서 언제든 검푸른 속으로 감춰질 것 같은 아이라서 나는 손끝이 사라질 것처럼 너의 모습이 그렇게 작고 먼 것을 걱정했다.

너를 이 세계로 데려온 사람은 장작처럼 딱딱하고 비틀어진 몸으로 성마른 소리를 내며 다녔다. 너는 그녀를 엄마라 부르지 않았고 그녀도 너를 어느 때고 부르지 않았다. 너의 집, 들창 사이로 때때로 고통에 찬 소리들이 새어 나오곤 했다. 나는 그것을 들으면 달렸다.

소리를 떼어낼 방법을 찾기 위해서. 그것을 찾지 못하고서는 나는 안전할 수 없었다. 너는 그녀를 엄마라고 부르지 않지만 모두들 그녀를 너의 엄마라고 불렀다. 그녀가 걸어가면 그녀의 몸은 분 단위로 느리게 형체가 변화하는 검은 나뭇가지처럼 어깨와 엉덩이, 발바닥이 닿는 돌바닥은 빛에, 바람에 혹은 열기에 마르듯 외연을 바꾸곤 했다. 그리하여 나는 그녀를 볼 때면 너의 엄마가 아니라 시야에 나타난 검고 마른 겨울나무, 숲에서 내려온 긴 시간의 정체로 보곤 하였다.

걸어가는 그녀의 뒤에 또 한 여자가 걸어갔다.

또 한 여자는 너를 돌보는 사람. 그녀의 왼쪽 뺨은
우글거리는 곤충으로 뒤덮인 표면처럼 일정치
않았으며 길게 늘어져 목과 연결되고 가슴으로
이어져 무더운 날이면 그 무거운 정체는 마치
늙어가는 여자의 신체를 원망하는 것처럼 보이기도
했다. 지금에야 나는 말한다. 그녀가 여자의 뒤를
따라 걷는 것은 어쩌면 내가 아는 가장 오랜 사랑일지
모른다. 그녀의 사랑은 그녀의 온도로 거대한 빙산을
녹이며 밀며 나아가는 것과 같다고 생각했다. 그녀는
녹아내리지 않는 빙산 속에 갇힌, 이제는 거기 있는지
조차 망각한 그것을, 사랑을, 과거의 어떤 밤을 밀며
나아가고 있었다. 그것이 그녀의 딸인지 분명치
않다. 그녀는 평생 밀고 나아가는 그것, 거대한 것,
어찌할 수 없는 것, 의문의 몸체에 해당하며 어둠의
둥근 성곽처럼 들어갈 수 없는 것을 응시한다.
그녀의 응시는 뜨거움의 핵심보다 뜨겁고 그녀의
걸음은 오직 한곳을 향해 있다. 나는 섣불리 그것을
말해버린다.

너는 그때에 아직 열여덟의 반을 지나고 있었고
나 또한 그랬지만 네가 열여덟의 반을 지나고 있는
작은 아이라는 것을 알 수 있을 때는 오로지 네가
늙은 여자의 곁을 걸을 때뿐이었다. 그렇지 않을 때
너는 캄캄한 바다의 아이, 푸르고 깊은 속에 잠들어서
깨지 않는 불덩이, 파인 머리칼 속마다 작은 벌레들이
우글거리고 양 콧구멍에 진득한 콧물이 들락날락하는
것으로 이 세계에 잠시 드러난 아이였다. 너는 내게
네가 있는 삼 년을 주었고 나는 아무것도 주지 않았다.
내가 무엇을 주었다는 것을 나는 너를 다시 만나지
못했으므로 듣지 못했다. 내가 삭제하지 않은 많은
것들이, 삭제하고 싶었으나 망각되지 않은 것들이
모여 있는 방에서 바다와 불과 계곡과 도시의
정류장들을 지나 이윽고 내가 열여덟의 반을 여전히
지니고 서 있다는 것을 알았을 때,

그때의 네가 유리문 열고 들어서기 전 내가 너를
다시 만났다는 것을 미처 알지 못하고 고개를 푹
숙였을 그때에. 곳곳의 방문들이 열리고 거기마다
밖으로 가지 못한 이들이 엎드린 채 어른이 되어 있을
때 너는 웃었다. 표정을 지우면서 웃었다. 너의 웃음은
무엇이든 지우는 웃음.

푸른 초장에 무엇이든 누이시고. 눈물은 작은
풀포기 지나 골짜기로 흐르고.

누구든 그녀를 혹부리라고 불렀다. 그녀처럼 혹을
가진 여자가 한 명 더 있다. 그 혹은 좀 더 작고 목까지
늘어지지 않았으며 그녀는 잘 씻었고 자주 웃었으며
키가 컸다. 그런 점들이, 어떤 차이들이 분별을
만들어내는 세계에 우리는 당도하여 비슷한 시간을
살아냈고 혹부리라는 명칭은 섬에서 단 한 사람이
갖는 것만으로 충분했다. 무엇으로 족하다 생각되는
지점이 여기에 있다. 무엇을 과잉으로 여기고
저편으로 넘기는 세계가 이편에 있다. 이편에서
우리는 어떤 결핍을 원하면서 과잉과 족함을
덜어내려고 한다.

　　너는 혹부리를 혹부리라고 부르지 않았다. 엄마를
엄마라 부르지 않듯이 너는 혹부리를 할머니라 부르지
않았다. 너는 말하지 않았다. 너는 소리 내지 않았다.
소리를 거두는 사람처럼 너의 주변에서 소리들은
사그라지고 고요해진다. 어둠이 네 피부마다 스며든다.
너에게서 어떤 소리를 기대하는 사람도 없다. 너는
교실 모서리에 종일 움직이지 않고 희미하게 웃는
눈으로 앉아 있는 아이, 너는 머리에 늘 비슷한 상처를
가지고 있는 아이, 때가 굳어 검은색 띠는 너의 손등을
선생이 막대자로 세게 내리쳐도 소리 내거나 표정이
변하지 않는 아이, 너는 겨울과 여름을, 이편과 저편을
동일하게 비추는 차디찬 유리벽

창가에 서서 바라보는 너는 일정하게 같은
곳을 보고 있지만 아무것도 보지 않는 아이이다.
다른 곳에서 이미 너무 많은 나이를 살아서 낯선
힘을 가지게 된 사람처럼 느껴져 나는 너에게 이유
없이 굴복하고 싶은 마음을 갖게 되곤 했다. 불이
꺼진 곳에 너의 앞에 엎드린 사람들. 그들이 한낮에
너에게 다가와 너를 내리치고 고함치는 동안 너는
강하고 부드러운 웃음을 만들었다. 그리고 시간이
흘렀다. 나는 몇 개월 더 너를 살았다. 너의 주변을
살았다. 네가 잠드는 밤, 털을 지닌 짐승들이 숲에서
마을 주변으로 모여들 때, 네가 맨발로 달빛과 흙이
스미고 있는 자리에 작은 소리를 만들며 건너가고
있을 것이란 생각을 하다 보면 나는 깊고 검은 바다의
밑바닥 같은 잠으로 가라앉곤 했다. 그 잠으로 인해
내 키가 자랐다. 넘쳐흐르는 머리칼로 꿈을 꾸고 너를
꾸었다.

　　작은 거짓말들로 이어가기엔 교실은, 가정은,
풀숲과 바다는 벽과 천장이 모자랐다. 구획할
장면들보다 무대가 넓었기에 일단 걷는 것만을
일삼았다. 그녀의 곁에서 그녀의 어머니 곁에서
혹부리의 불가사의 속에서, 바닷가에 쭈그려 앉아
그대로 멀리 가버린 소녀 곁에서.

'차라리 문어나 불가사리로 태어날 걸 그랬어.' 너무
자주 말하면 그것은 거짓말이 되는 것 같아. 자주
말하지 말아야지. 작은 거짓말을 아끼려고 반복을
주저했다.

　동일한 표정, 동일한 걸음, 동일한 의문, 동일한
전날과 그 전날이 되는 날들, 동일한 것이 많아서
주저앉아버린 주장들이 여기에 있다. 항아리 바닥에
맴도는 잔잔하게 둥근 무늬. 많아져도 결코 그곳을
떠나지 않는.

　흰 빛으로 몸을 감싸고 있는, 뒤로 돌아서나
전면을 향하거나 눈부심 변하지 않았고 빛 속에
어렴풋하게 걸음을 옮길 때마다 대기는 드높은 창을
내며 상승하는 것 같았다.
　그것이 이곳의 일인지 저편의 일인지 가늠하느라
눈을 가느다랗게 뜨고서야 세세한 것, 갈라지고
붙잡을 수 없는 것, 머리칼보다 구체적이나 손안에
놓인 적 없는 것, 점점 사라지는 것으로 있음을 다하는
것이 이 세계 이전의 다른 곳에서부터 있어왔음을
어림짐작하였다.

　아무것도 알지 않으려 할 때 돌은 밝아지고
움직임은 확장되고 회색빛 새들은 날개를 펴고

어둠은 갈대들의 움직임 속으로 스며들고.

작은 새들이 가지마다 앉아 있던 그날의 일기는 잿빛이었고 잎이 사라진 가지는 얇고 말랐으며 회색빛 새들은 움직이는 돌 같았다. 웅얼거림과 작고 뾰족한 웃음을 동시에 만들어내는 존재. 어쩌면 대기의 돌일까.

이것은 너의 말. 소실과 환영을 일으키는 너의 말이 네 자신의 발부리에 흰 빛을 보내고 있었다. 너는 구르는 기분으로 세상을 오래 돌아왔다고 했다. 너의 희고 단단한 돌 같은 치아 사이로 네가 다녀온 길들을 짐작해볼 수 있을 것 같았다. 말하는 사이 흰 이와 이가 다물어지고 틈을 만드는 사이, 누군가 다녀간 사이

여름의 빗줄기와 다시 빗줄기 사이, 영원처럼 동일한 것이 반복되고 떨어지는 사이. 어느 해, 운석의 한가운데 길을 걸어오던 아버지와 농부의 밭에 놓인 갈고리 달린 쇠붙이 사이, 우듬지 끝에 내려앉으려다 이내 가벼이 떠오르는 몸체들, 떨어지는 물방울들, 따개비, 아이들의 수영이 끝나고 바다 멀리 거대한 배가 한 척 들어오는 사이 나는 넘어진다.

나는 자맥질을 멈추어서 너의 발등을 너의 손목과 귓등을 잡으려 했다. 새로운 명칭으로 불러주고 싶었다. 그것이 너와 네게 부여할 수 있는 온전한 세계의 이름이 되길 원했다.

어둡고 서늘해지는 이마와 관자놀이의 그늘이,
저물녘 집으로 향하는 네 걸음이, 수천 킬로미터
밖을 날다가 내려앉는 갈대숲 기다란 새의 날개들이
동일하게 느껴져서 한 발짝도 움직일 수 없었던
때, 다시 묵직한 것이 어깨를 툭 치고 지나가고.
두 눈이, 머리가 발아래로 무겁게 낙하하는 동안
시야에서 멀어지는 너와 언덕과 섬들과 바위들과,
혹부리와, 마른 장작을 이고 가는 무리의 아이들까지
나는 무엇을 베끼다가 다 마치지 못한 것인지 손을
내려다보면 거기 말린 웃음과 과분한 여린 주름들이
놓여 있다.

내게 말을 건넨 순간 내가 너를 다시 만났다는
것을, 나를 제외한 어느 누구도 모르는 사실을, 모르고
지켜온 시간을, 손톱 아래 감감하게 눈을 감고 있는
어떤 것을.
눈을 뜨려다 서둘러 눈감는 사실들을 나는 알고
있다. 피가 서서히 장면 너머로 물러가듯 이마와
관자놀이 귓바퀴를 지나 검붉은 것들이 뒤편으로
몰려가고
아는 것을 정말로 아는 것인지 모르는 것을 정말로
모르는 것인지 가벼운 너의 움직임 그렇게 오래
살아서 가벼워져버린 몸을 너무 가벼워져 모든 것이
통과할 것 같은 얇은 빛을, 나 말고 다른 사람들에게도

네 육체와 움직임의 결과들이 드러나고 있는지
궁금했다.

# 눕는 나무를 보듯

"그만 뛰고 이제 내려와야지"
말하는 어머니와 아버지 사이에서 무수하게 달리는
아이들, 같은 말을 반복하는 세계의 다른 부모들,
쏟아져 나오는 무한량 표정들. 수면에 반사되어
돌아오는 빛들. 흙 위에 누운 그를 피하는 발길들.

  그곳에 이제야 누운 것에 대해 그것이 너무 늦은
결과란 것에 대해 아직 알지 못했을 때 그는 밥을 먹고
차를 몰고 산길을 달리고 꽃을 줍고 빵과 잡동사니가
든 가방을 들고 다닐 수 있었던 것이다. 이 다음
또 다른 이가, 너무 늦게 다른 이가 이곳에 이어져
넘어지고 이내 눕게 되는 사람들, 차례로 눕는 사람들,
차례로 이제 그만.

  눕는 나무를 보듯
  그의 몸체를 보았을 때 서른 번째 가을이 지나고
있었다.
  올라갈라치면 다시 내려오는 계절의 밝기. 온도.
나뭇잎의 생성. 꽃의 탄성.

되돌아오는 높은 곳의 얇고 담담한 생명들. 사물에 가까운 생명들. 생명에 가까운 사물들

구분되지 않을 것 같지만 구분하지 않으면 영영 닫혀버리는 이쪽과 저쪽의 문들. 열릴 필요 없어서 닫아두었다가 벽으로 강도를 마감한 통로들

통로에 웅크린 채 집으로 돌아가지 못한 누워버린 사람들. 그 앞에 다시 엎드리고 시간을 묻는 사람들. 걸음들. 걸어가는 사람들. 새벽에 일어나는 습관을 오래 쌓아가는 사람들. 거리에 떨어지는 빗소리를 가장 밝게 들었던 사람들. 귀와 통로와 입과


더한 통로, 손목과 발목과 귀와 귓바퀴와 손가락과 튀어나온 부분과 파인 부분과 딱딱한 부분과 허물어져 가는 부분과 갉아내고 있는 부분과 채워지고 있는 부분들. 말라가는 부분과 습기를 머금고 부풀어가는 부분.

어두워지고 있는 곳과 붙어서 닦아내야 하는 부분. 잡아당기고 있는 것 밀어내는 순간들.

멀어지며 확보되는 시야와 가까워져 잊어버린 진실들. 돌 하나를 가지고 오래도 앉아서 그것을 만지작거리는 아이의 등. 뜨겁다 한없이. 아득한 높이를 가지고 아래로도 위로도 향하지 않고 그 채로 깊어버린 장면들.

무엇을 주어야 이 장면이 끝나지 않을까. 모를 것이다. 나는 삭정이, 장작개비, 검불, 풀과 오리,

명아주와 흰 나비를 가지고 있다. 이것으로 세계는
완성될 것 같은데 계절이 지날 때마다 부족한 것들이
끝나지 않았고 잡아끌고 당겨도 끝이 보이지 않는
사슬을 그러므로 손에서 놓지 않아야 했다.

밤이 길어 올린 사람들, 책상 앞에 앉아 불을 밝히고
깃털에 색을 입혀 한 자 한 자 써 내려가는 사람이 있던
그 시간이 이곳에 이어져 있고 기다란 빌딩들로 빼곡한
곳에 들어서면 나는 빌딩과 빌딩 사이 꼬이지 않게
사슬을 당기고 조이며 풀었다 당기는 사람들이 있을
것이라 생각하곤 한다. 근사하지 않은 일들이 벌어지는
속에서 근사함을 찾아야 하는, 다른 세기의 태도가 이제
모든 이의 것이 되어버린 속에서.


풀려나갈 배들이 많던 시절에 배를 기다리는 이들이,
한곳을 향한 이들이, 한결같은 얼굴들이, 서로 보지 못한
시간들이 더 길어졌을 시절이 한데로 바다에 모여 있다.
저기 창을 열면 바다가 보이는 바다에 막막한
시간이 모조리 내리고 있다. 막연한 불안과 막연한
분노를 구분할 수 없어 비틀거리며 걸어오는 검정
그림자를 죄다 피해야 할 것 같은 새벽에 나는 눕혀지고
분꽃, 아지랑이, 지금은 낮이 아닌 한밤중, 성가곡이
희미하게 들려오는 화단에 더 오래 누워 있으면 누군가
올 것이라 짐작하는 것이
짐작만이 유일한 힘이 되고.

흰 오리와 뒤로 걷는 공포의 참담함. 오리를 뒤쫓는 걸음들. 뒤뚱거리며 또다시 뒤뚱거리며 쫓아가는 걸음들.

앞을 좇는 자가 뒤로 걷는 법을 잊은 채 어둠을 흔들고 지나간다. 누운 사람 일어나지 않고 바닥에 눌린 꽃이 되어라. 눌리어 그림자가 될 때까지

그만 뛰고 이제 내려와야지 같은 말을 반복하는 서로 다른 부모들. 검고 단면이다.

내 게 만  해 당 하 는  것 이 라 고  말 할  때
세 상 은  안 전 해 진 다


바위가 바닥이고 울퉁불퉁한 표면이 G의 걸음에
묘한 리듬을 만들어주는 곳에서 염소를 만났고 G를
만났다. 그때 G가 그토록 어리다는 것을 그녀의 눈이
그렇게 검다는 것을 그녀의 윤기 흐르는 곱슬머리를,
유독 한쪽이 짧은 다리로 빠르게 이동하는 그녀의
걸음을 믿지 못했다. 그녀를 만난 곳을 적어보자. 나는
해 질 녘 집에 가장 늦게 돌아가는 아이가 되어선
안 되었지만 번번이 매질을 당하고도 늦게 집에
돌아가는 아이.
　　그것이 모두 염소 때문이라고 하자. 염소가,
길목에 종일 서 있던 검은 염소가 집으로 돌아가는
시간은 집마다 굴뚝에 연기가 피어오르고 그 젖은
연기가 마을을 휘감는 흰 빛이 되는, 그 연기가 마을을
관장하는 오랜 눈길이 되는 시간.
　　장작과 솔가지 등속, 학기가 지난 체육 교과서와
사회과부도 같은 것이 낱장으로 뜯기어 아궁이로
들어가는 시간, 어쩐지 집 밖으로 홀연히 흘러나와
심장의 열기를 필사한 뜨거움이 마을을 휘감을 때

염소는 길에서 사라졌다. 염소가 사라지면 나는
집으로 돌아갈 수 있었다.

염소는 뜨겁고 징그러운 눈길을 상징하는
것이었다. 이것은 어떻게 말해도 아름다워질 수 없는
말들 중 하나. 그 말의 곁에 나뭇가지를 부러뜨려
놓는다. 깨어진 종지를 유약이 발리다 만 도자기의
분홍과 청색, 보라의 우연으로 가려보려 하여도
가려지지 않는다. 그 눈은 뜨겁고 맹목적이었다.
지치지 않고 목말라하며 아름다움을 찾아가는
사람들은 징그러운 것을 온통 떼어 내고 싶은 손과
귀를 가진 것일 수 있다. 그것은 내게만 해당하는
것이라고 하자. 그것은 내게만 해당하는 것이라고 말할
때 세상은 안전해진다. 그것은 너와 나에게만 해당하는
것이라고 하자. 그러면 우리는 어둠 속에서 조용히
맞잡아도 두렵지 않을 수 있는 온기를 얻는 것이다.
너는 죽은 새와 돌, 꽃과 가지를 끝없이 모아서
썩어가는 것들 위에 들이붓는다. 너무 많이
쏟아부으며 너는 반복하는 그림 속으로 들어가는 것
같다. 너와 나.

아이는 네 살, 다섯 살 떠밀려가는 세상을 향해
구원의 질문을 던질 수 없어서 밀려가고 있었다.
알아져버리는 사실들을 감당할 수 없어서 풀을 뜯어

먹거나, 개미를 잡아 혀 아래 넣어보기도 했다.

움직일 테면 움직여보아라. 불행의 구체를 알아보고
싶을 땐 그것을 실행하는 것이 효과적이다 실행은
때때로 수많은 방식으로 연주되어 뒤틀린 소리와
우연의 유연함을 내보내는 부서진 교회당의
오르간처럼, 조작과 퉁명스런 응답, 엇갈린 시차의
음성을 만들며 튀어나오곤 한다.


　　염소가 나를 몰고 장작과 솔가지들이 쌓인 G의
아궁이 구석으로
　　내가 눕고
　　등을 찌르는 나뭇가지와 굳은 동백꽃잎.


　　작은 죽음들을 경험하며 나는 사라짐을 반복한다.
내가 곧 죽을 것 같은 기분일 때, 동백꽃을 마주친 건,
내가 죽을 것 같은데 속수무책 찔리고 있는 내 등이
가련했던 건. 한 번도 보지 못한 나의 등줄기, 나의,
내 피, 심장
　　고운 허파. 그런 것들이 수십 초 스치면서 왈칵
눈물이 떨어질 때 굳은 동백꽃이 혀가 되어 소리는
멎고 심장의 한 부분이 되고, 꽃이 멈춘 장면으로 나의
허파는 어쩌면 저 동백의 딸들, 작은 구멍 사이로 빛을
내보내는 밤의 순환기관. G의 아버지는 염소의 뿔을
잡았다.

그가 염소의 뿔을 잡은 것인지, 염소의 발을 잡은 것인지. 나는 그날 밤 잠과 현실의 목소리들 사이에서 몇 개의 영상을 보았다. 염소, 자궁/배를 들이 받았단다/고구마밭 갔다가 비탈에서 염소를 만나, 그래서 아이를 못 낳는데.

내 잠은 나를 싣고 가는 검고 부푼 배. 순한 비탈을 가졌네. 오르락내리락 열기가 오르는 두엄 더미의 표면. 아니 어쩌면 빛을 깜빡이는 곤충들의 무덤이. 엄마의 목소리가 띄엄띄엄 불빛을 발하는 뜨거운 잠 속, 누가 깨우지 않으면 이 잠이 영영 갈 것 같은데. 그렇게 깊은 영원을 가지고도 번번이 이 세계를 등지는 데 실패하는

어느 여름 태풍에 날아가버린 마을의 남자가 왜 내가
아니었는지 풀 수 없는 숙제들. 갈매기들. 왜 날 수
없는지. 나는 충분히 날 것 같은데. 내 발은 이리도
가벼운데 꿈은 잠의 몸체가 되고 냉장고는 부엌의
외톨이 혼자 입을 열고 바위는 노란빛의 동무가 되어
세상은 거꾸로 잘 갈 것 같은데 나는 왜 갈매기나 두엄
더미가 되지 못했나. 내 잠에 들어온 엄마의 목소리와
몇 개의 이름들로 나는 길을 잃기에 충분한 시간을
받았다.

　　꿈에서 깨면 더 깊은 꿈이 시작되는 현실에서
골목들은 중력을 잃은 희부연 그러나 물길처럼 밀도
높은 흐름을 가진 선이 되었고 골목을 걸어서는
오빠가 다섯인 M의 집에도 일찍 취업을 나갔다가
미쳐서 돌아온 J의 집에도 도착할 수 없었다.
염소의 뿔을 한 번만 만져보고 싶은 마음과 염소를
두려워하고 도망치는 마음은 동시에 가능하지만
누구에게도 그것을 말하는 것은 가능하지 않았다.
네 살, 다섯 살, 여섯 살 복잡하고 깊은 나이. 세상이

헤아려주지 않는 나이, 세상이 업어 키우는 줄 아는
나이. 그러나 매일 죽을 수 있는 나이, 두려움 없이
죽음을 실험할 수 있는 나이

    옛 동네의 한 헛간에 모여 우리는 더 어린 날을
이야기했다. 미진 미옥 영희 은하 둘째 이모. 수정,
백옥. 우리가 공통으로 발견한 것은 우리는 모두
죽음에 익숙했다는 것. 서로를 가장 먼 곳에서 온
미지의 나이를 가진 사람으로 대하고 있었다. 그
나이는 아무도 알 필요가 없었기에 묻거나 대답하지
않았다. 메리 제인, 습한 시멘트 바닥에 피어오르는
물곰팡이와 푸르고 예쁜 독버섯, 나는 거기에 얼굴을
묻고 무언가를 함부로 하는 연습을 했어. 함부로 하는
것이 가능하게 되면 나는 나를 뛰어넘는 용기를 얻을
것 같아. 그 사람을 고자질할 용기, 아름다움을 따지지
않고 소리 내어 말할 용기. 그가 남긴 온도와 감촉을
모두 떼어내서 내 것이 아니므로 누구든 가지고
가라고 소리칠 용기. 나는 나를 함부로 하는 연습을
하다가 그곳에 맹목적으로 매달리기 시작했어. 헛간과
창고와 습도와 어둠과 돌과, 두꺼운 벽, 잠입. 외부가
들리지 않는 곳에.
    귀를 가까이 대면 벌레들이 움직이는 소리가
들려. 그걸 너도 알고 있었네. 너는 아름다운 아이.
입 안에서 혀를 움직이는 게 진짜 키스래. 나도 알아.

그걸 해봤다고? 응. 그건 나쁜 짓이야? 그걸 원하지
않을 때에만.

집 옆엔 헛간, 헛간 옆엔 진득하게 깊어지는 흙이
가라앉은 연못, 연못가엔 오리. 오리들이 사라지는
숲이 있고 숲 안의 철창엔 가끔 우리가 들어가
사라지네. 나는 엎드려 울다가 멈추는 법을 몰랐어.
내 어깨를 잡아끌지 않고서는 나쁜 것을 연습하는
곳에서 나를 빼올 방법은 없었어. 이것들은 서른
가지 말하지 않은 것들 중 하나. 내가 어떻게 입을 열
수 있겠니. 나는 개구리가 쏟아져 나오는 입을 가진
공주를 동화가 아닌 기분으로 알 수 있어. 내 입 안에
피어오르는 독버섯이 나를 지켜주고 있는 모순.
그 나쁜 빛깔은 깊은 가을 대열을 이뤄 날아가며
희미해지는 기러기들의 흔적으로 이어지곤 한다.
벼랑 아래 떨어져 모자를 벗고 깊은 잠에 드는, 한
번도 욕설을 입에 담아본 적 없는 사람이 되는 기분을
얻는다. 나쁜 빛이 모조리 좋은 것에 닿아 있어.
그것이 맞닿은 자리에서 태어난 돌멩이 같은 아이들.
창문, 기울어진 태양. 그것을 싣고 잠이 되지 못한
꿈으로 건너가고 있는 거룩한 이.

## 웃음이 많은 S

아직 다 말하지 못했어. 저녁엔 염소가 사라지고,
나무를 짊어진 소년들이 비탈을 내려오고 도끼질을
배우려고 뒷마당에서 S를 기다리던 때 내가 걸어갈
수 없는 길이 있었고. 너만 한 아이들은 이 섬에선
모두 도끼로 장작을 팰 수 있단다. 게다가 너는 이렇게
몸도 크지 않니? 나는 그 말을 되뇌며 결심했다. S는
학교에 가지 않았다. 그의 나이를 아는 사람이 있는지
모르지만 아무도 그의 나이를 말한 적 없으므로
나 역시 그를 S라고 부를 뿐이었다. S는 내게 도끼질을
알려주었다. S가 통나무 둥치에 썰리지 않은 나무를
올리고 내게 도끼로 그것을 내리치게 할 때 나는
썰어야 할 나무가 아니라 통나무 둥치를 자르게 될
것 같아서 조마조마했다. 도끼질을 배운 건 잠시이고
도끼질 배우기를 포기한 건 S가 자꾸 웃어서였어.
그는 처음부터 끝까지 한마디도 하지 않았고 다만
내 손을 자신의 손으로 잡고 도끼를 잡게 하고
그 매만짐은 믿음직했고 나는 안전하다 못해 그가
몹시 좋은 사람이라 여겼지만 그가 처음부터 끝까지

웃고 있었으므로 나는 그에게 나쁘게 굴고 싶었다.

　그의 웃음은 경험해보지 못한 연하고 부드러운 것. 그의 눈은 물이 많고 얼굴은 그을렸는데 이마 위는 소가 핥은 흔적으로 짧은 머리칼이 바위 곁에 오종종 매달린 풀처럼 위로 쓸려 있었다. S는 내가 번번이 실패하는데도 웃고 있었다. 그는 말을 하지 않았고 내가 실패하면 다시 통나무 둥치에 점점 더 완고한 표정이 되어가는 장작을 올려놓았다. 나는 S가 일하고 있는 집의 주인이 와서 우리를 혼낼 것이라고 예상했지만 그의 표정에 그에 대한 두려움은 없는 것 같았다. 그는 장작이나 풀포기, 그가 매번 끌고 오는 황소나 염소들을 보듯 나를 보며 평온하게 웃었다. 내가 S에게 그만하겠다고 하자 S는 웃으며 고개를 한번 크게 젓더니 다시 장작 토막을 올려두었다. 그때의 S가 선명하게 떠오른다.

　그가 사라진 겨울. 그가 사라진 것을 오래 잊고 싶었다. 사방이 바다로 둘러싸인 곳에서 누군가 사라진다는 것은 단 하나만을 의미했다. S는 왜 웃었을까. 나는 왜 웃음이 세상에서 가장 조용하고 부드러운 그것이 두려웠나. 우리는 어떤 두려움에 우리의 부드러움을 모조리 넘기고 있을까.

# 온 화 한  날 씨 를  훔 쳐 보 는  사 람 들

말해지지 않는 검은 줄
점점이 몰아치는 순간들
무엇에도 부족한 이유들
아무것도 되지 못할 예감들
밤은 이렇게 오래된 눈
잠시간 뜨고 있는 어둠
검은 건물 올라와
빛의 원천 가리고
서둘러 잠이 드는 이와
잠의 가장자리에 걸터앉아 꿈에 드는 이
다리를 흔드는 이
최초를 만드는 이들이거나
목격한 것을 지우러 들어가는

꿈을 헛딛는 사람들이 물을 타고 지나가고
표를 받은 사람들은
하나를 가지고 나온다
하나를 가지고 나온 사람들은 하나가

둘이 되어야 한다는 부족을 알고
하나도 가지지 않은 사람들은
껍질을 깐다

나무 아래,
느리고 고요하고 느슨하고 연하고 무르고 지워지지
 않고
멈춰지지 않는 움직임으로
무리들, 등에 어리는 침입의 그림자들 서성이다
 물러설 때
아기는 긴 잠 끝, 울음으로 일어나고
껍질을 깐다
하나도 가지지 않았던 사람들 곁으로 모여드는

칼과 낫 책상 성경 구부러진 것, 꺾인 나무.
곱자와 대장장이,
11월 문경새재,
한 번도 가보지 않은 사람과 한 번도 가보지 않은
 곳만을 부르는
곧은 것과 무른 것이 섞이며
부패한 노란빛을 만드는
그곳을 빠져나올 이유를 찾아야 하는데
너는 이미 노란빛이거나
이미 곧거나 이미 구부러져 잠이 든

무엇을 불러도 너에 가까워지는
무엇을 불러도 곧장 그것이 될 수 없는

한 번도 태어나지 않은 자가
가장 많은 말을 하는 세계에
너처럼 태어나고 있는 사람들은 이름 가진 적 없고
검은 줄, 네가 태어났다가 기억된 적 없이 사라진
검은 줄
우리가 들어 있는 이 병을 뒤집자
거꾸로 들어가는 세계에
눈발 날리고
둥근 병, 밖엔 온화한 날씨를 훔쳐보는 사람들
돌아 나오는 문을 외면하고

말하고 싶은 것을 말하지 않기 위해
안간힘으로 다른 것을 말하는
너를 제외한 모든 것을 말하는 것
안간힘을 채우고
천천히 정렬시키는 것
거꾸로 쏟아붓기 전에 다시 천천히 삼키는 것
밀고 나아가는 것
무사하지 않은 것을 말하며
특정인들의 무사함을
확인하는 것

좁고 작은 곳에 드리우는 점점이들
말하고 노래하고 사랑하는 눈동자들
여름날 화엄사 계곡 아래 치어들
유연하게 물속을 날아가듯
대기를 휘적휘적 걸어오는 당신
춤인지 날아가는 것인지 알 수 없던
그곳은 물속
하늘은 물
바닥은 하늘
저 벽은 노을
하나씩 옮겨다 놓는 새들의 움직임과 침묵
벽장 돌 책상 무엇을 더 옮겨드릴까요
날씨가 될 때까지 이곳의 날씨가
저곳의 평안을 유지하도록


저곳의 평화를 유지하는 발전소
신들의 발을 잡아당기고 있는 물리력
계산을 하다 엎드려 잠든 사람들
장갑 벽장 석회와 주전자 무엇을 더 옮겨드릴까요
당신이 말하지 않기 위해
닫은 입에 더 굳은 것을 가져다 붙이기 위해
당신이 태어난 적 없다는 사실을 가져다 붙이기 위해
굳은 에메랄드
거친 바위의 표면에 내려앉는

부패한 물과 물을 나르는 파고(波高)
부자들과 납입자
납입자와 허락하는 자
—나는 깜짝 놀랐어
내가 어디에도 들어 있지 않는 것에—

내가 지나친 것들이 속하지 않는 것들로 이뤄진
등속, 카페, 철, 질문들과 나비
나비를 보고 우는 사연은 그 노인의 틀어진 오른쪽
 입술과 아무 상관 없지만
무엇에 속한 것들을 한데 묶어 통찰이라 부르는
 거울을 잊었지만 연은 날고
우리의 등을 곧게 펴서 날개를 가다듬네
큼큼 날개를 가다듬으며 내는 소리
은방울을 목에 단 고양이의 걸음처럼
버드나무에 흔들리는 수면처럼
무엇에 비친 햇살 같아
아름다운 곳에 이르지 말자
약속한 사람들이 사라지는 것을 알고
약속에서 도망쳤어

가시덤불을 사랑해
가시덤불은 정직한 이름과 형태를 가졌어
당신은 더 까맣게 될 수 없을 정도로 타버렸는데

아직 이렇게 하얗게 굴러다니는 것을 참을 수 없어
가시덤불 속에서 가시를 만지작거리다 당신을
 생각했어
가시덤불 속에서 가시를 만지다가
죽음을 생각했어
아버지가 쥐여준 오백 원에 깃든 피에 대해 생각했어
아무도 묻지 않는 질문들에 답을 하기 시작했어
차들이 붕붕 오가는 거리에서 고아가 되는 것을
 생각했어
아버지가 사라지고. 죄를 얻고. 발걸음은 가벼웁고


가만히 내려앉으려고 날개를 가다듬었어
수신호를 하고 있는 경찰관의 운명에 대해 생각했어
어디에도 속하지 않는 운명들이
한때 모였다 높이 날아 흩어지는 비둘기 떼처럼
지구에 내려앉았을 때
누군가 희미하게 웃음 짓는 그것이
먼지를 일으켜
우산을 쓰고 재를 막아내려 하지만
우리는 오래전 재의 아이들이 되었는걸


아버지는 성경의 목차를 외우게 했어
많은 이름 중에 성경의 목차를 외우게 하신 것
이름과 이름 사이

잘못 든 길로 나가면 다시 이름이 있어
시나이, 골고다, 멜기세덱과 사도바울
사막과 언덕과 마른 가지와 여우들의 꼬리를 모으는
 사냥꾼
내 손끝은 그것을 닮은 것 같아,

휘핑크림을 젓고 있는
아무 월 아무 시
그런 날들을 모두 모아 빚을 갚는다
함부로 말한 것들 굴러다니지 않고
값진 것이 되어 음속의 결과들을 띠고
여기에 내려앉는다
이 말을 비켜가도록 하세요
귀에 앉은 음성을 털어내도록 하세요

경건한 아침이 모두에게 주어졌고
일어나지 않은 자만이 그것을 영원히 가지게 되었다.

# K 에 게

자전거를 현관으로 들이는 동안 창밖에 눈은 멈추지
않았다. 김이 오르고 있는 주전자의 손잡이를
도톰하고 젖은 수건으로 감싸고 있던 너는 자전거가
현관에 자리를 잡는 소리가 들리자 주전자를 들어
올려 군데군데 탄 자국이 있는 둥근 받침을 들고
탁자에 그것을 놓고 주전자를 놓는다. 아이를 지웠어.
그것은 겨울 내내 일어나는 일이 되었지. 내 안에서
일어나는 죽음은 언제 시작되었는지 의문이 일기
시작했어. 이 우연은 거품이나 방울처럼 어두운
알갱이들이 서로를 모른 채 다만 가득하여 헤매던
곳에서 서로를 인식하고 붙잡고 한 몸을 이루는 일이
일어난 것이었다고.

　　말하려 했지만 그는 다리를 벌리게 하고 나는
어둠에 다녀온 사람. 밤이 울린다. 빛이 종처럼
어둠을 파고든다. 우리 잠시만 거꾸로 말할래?
거꾸로 말하는 사람이 되어서 그곳에 다녀온다.
잿빛 오리들이 자작나무 사이를 걸어 나와 연못으로
들어가는 곳. 아직 생겨나지 않은 아이의 어둠을

쓰다듬고 피가 드는 물컹하고 둥근 것을 물가에서
건져올린다. 너는 찻주전자에 뜨거운 물줄기를 들이
붓듯 따른다. 피어오르는 수증기 더운 열기가 둥글게
가슴을 덥힌다. 끌어안거나 기대어 앉을 곳이 필요한
이에게 차가 우러나기를 기다리는 시간은 충분히
덥고 안온한 시간이었다. 아이를 만드는 것도 아이를
지우는 것도 내내 시작되는 일인 것 같은 때 오리들의
부리에 묻은 흙과 저녁의 푸른 연기가 섞이고 숲은
어둠으로 그것을 가져간다. 뒤로 걷는 법을 모르잖아.
뒷걸음질로 사라지는 꿈에서 돌아온 사람들이 거리를
활보하고 나는 간신히 자전거를 밀고 올 수 있었어.

　　'그동안 살아 있었나 봐.'
　　매일 주문하는 커피는 카페라테 따뜻하게
디카페인 투샷 추가 우유는 오트밀크 변경 톨 사이즈.
잊지 않으려고 메시지에 저장해놓았어요. 내가 내게
보내는 메시지들. 말들은 흘러나와 어디로 가는
걸까요.
　　나는 하천의 마지막 자리에 있는 사람일까요.
수초가 기울어지는 땅을 가지고 있어요. 오래된
철망들이 내 몸을 뚫고 자라나 거기에 걸려든
민물고기들을 물 위의 사람들이 건져 올리고요.
점심엔 굴뚝에서 올라오는 연기만으로 하늘이
이뤄지고 있었어요. 오래된 노래만을 부르는 사람.

저녁이 끝나지 않아 가장자리들은 나무의 우듬지처럼
푸른 물이 들고 있어요.

알아차리지 못하게 웃고
알아차리지 못하게 쓰고
알아차리지 못하게 걸으며
그렇게 알아차리지 못하는 것들을 만드는 데
 성공했다고 여겼어
스페인 영화라고 말해줬어 동생이
보지 않은 영화로 들어가 그리워했네

어떤 이는 너의 이름을 크게 말하고
누군가는 지나간다
한 번도 버림받지 않기 위해
알아차리지 못하게 꽃을 기르고
알아차리지 못하게 불을 내 걸고
알아차리지 못하게 손을 씻었다
계속
씻었다
뼈가 보일 때까지
뼈들엔 태고의 열기가 있을 것이라고 믿는 것

믿는 것을 들킬까 봐 두려웠어
그 안의 열기가 불이 되어 비추도록
대장장이의 쇳소리가 들릴 것 같았어

알아차리지 못한 사람들이 너를 건넜고
알아차리지 못한 사람들이 웃음을 만들고
알아차리지 못한 사람들이 밥을 나누고
알아차리지 못한 사람들이 잠 속에서
구렁이의 눈동자를 만졌다

손을 씻었다
어깨의 둥근 더미를 만졌다
이것은 내 무덤
나의 둥근 곳은 너의 숨결
내 꿈에 죽은 너의 상징
그곳이 빛에 부시도록
씻었다
둥근 것은 빠져나가기 쉬운 것이므로
너무 쉬이 나가버리지 못하도록
숨결이 무덤이 되도록 매만지고 매만지는

무덤가엔 인이 반짝인대요
강가의 반짝이는 물소리처럼
내 동그스름한 것은 모두 나를 가장한다

내 죽음을 가장한다 너의 숨결을 데려온다
네가 한번 내어 쉴 때 나는 죽음을 가장한다
둥글고 여미어진 것
불현듯 출몰한 아버지가 미끄러질 때
믿음은 얼마나 연약하나
너는 번번이
추락하고
추락에 갇힌 이름들을 몇 개 만들어보지만
이내 나쁜 짓임을 알고 스스로를 벌한다

알아차리지 못한 울음을 가지고
달려가는 너
알아차리지 못한 울음을 손에 쥐고
어둠 속을 걸어가는 너
나는 그것을 믿지 않는다
네가 나 없이 도착한 곳에
있다는 소식

그 섬에 등대가 생겨나고 있고
생겨나고 있는 등대 위에
이전부터 불을 밝혀온 사람이 있었고
불 밝은 높은 곳,
상징이 되어가는 한 사람

떨어진 것들을 주위 담는다
수거하러 돌아가는 길은
새벽이다
새벽에 침대에 누워
무르고 흰 빛을 물고 가는 새에 올라탄다
엉금엉금
잠든 발들 가볍고 느리다

건 너 편 에 서   울 었 다

절룩이는 개가 풀썩 주저앉아
낫지 않는 곳을 혀로 핥기 시작했다
옳지 않은 치료법이란 걸 알고
주인이 다가가 개에게 혀로 핥지 말라고 했지만
상처를 사랑하는 법은
상처를 치료하는 법과 일치하지 않았고
건너편에서 그것을 보며 너는 울었다

온전한 상처만이 나 자신인 것 같아
상처를 찾아냈다
아직 한 개뿐이다
고개를 들지 못하는 곳에서
상처가 없는 사람이 어디 있겠어
라는 말의 유효함에 대해 생각해보기 전에
손바닥에 침을 뱉는다

내가 배운 유일한 살아 있는 행위
손바닥에 놓고 천천히 그것을 매만지면

나는 고인 곳으로 돌아오고
가장자리는 유연하고 확실해지며
나는 절룩이는 개가 된다
가깝고 친밀하고 비밀스러운 맞지 않은 곳

타이베이에 갔다
더 낫지 않은 것들로부터 서둘러 도망쳐 왔어요
머리칼을 왼 귀로 넘기고 잎사귀가 크고 부드러운
 식물이 있는 곳에서
두앙나파 니드 내 친구가 나를 기다리고 있어요
옳은 기억으로만 살려고 하니
아무것도 제대로 짚을 수 없었어
바닥을
허공을
접시와 양초
밥과 무른 나물들이 놓인 쟁반을

무엇이라도 잡기 위해
새벽엔 창 쪽을 향해 앉아요
병실엔 며칠째 같은 나방이 있고

나는 오로지 그것만을 보고 있죠
그것이 단 하나이기를
단 하나이기만을 보고 있죠

내게 오는 것이 있다면 단 하나이기만을 원해요
유일한 것은 부족이 없음을 뜻하지만
유일한 것을 붙잡고 얼음이 되는 기분을 견딥니다

내 생명이 나를 잡고
나는 나보다 유일한 것을 알지 못하고
이대로 넘어집니다

간신히 서 있는 무리들이 오른발 왼발 걷는 연습을
 하고
알아차리지 못하게 가까워져갔어요
알아차리지 못하게 그의 꿈들은 별과 은하에 대해
 공부했어요
서로의 꿈으로 진입할 수 있다면… 내일은 학교에
 가지 않을 텐데

알아차리지 못하게 내 발은 나를 데리고
미끄러져 내립니다

모든 것은 연습에 달려 있어 그가 말합니다
내가 원하지 않았던 곳으로
부드러운 잎들이 자라납니다
나는 항아리에 옳은 것을 주워 담는 중입니다
죽은 잎들은 더 이상 자라지 않습니다.

파 도 는   높 아
잎 새 들   자 라 나 길   멈 추 고




비어가고 비어가고 비어가는 없는 어둠, 사라짐이
연속할 때 나 지워지고 너 지워지며 빼곡하게 들어차
나 사라지고 너 사라진 곳에 달이 들고 물이 깊고
파도가 높아 잎새들 빡빡하게 자라나길 멈추고
소리들 서로에 귀를 기울이고 어둠은 멈춰지고
말하는 자 멀리 있고 글자들 떠오르다 내려오길
반복한다. 반복은 왜 반짝이는 뇌 안의 형상이 됩니까.

    소음을 분별할 줄 아는 사람들은 일찍 잠자리에
들어 일어나지 않는 꿈으로 더 멀리 간다. 아름다움
만들지 않고 흩어지고 구멍 난 어둠은 뚫린 채
어디로도 가지 않는다. 뚫린 어둠으로 새어 드는
순차가 어긋난 시간들. 죽은 이는 살았다가 다시
돌아오니 다시 죽어 그의 얼굴 바라볼 기쁠 새 없이
바람이 불고 그를 아는 이들 엎드려 깊고 깊은 잠을
구하고 구부러진 숟가락마저도 슬프고 슬프니
완성되지 않은 구를 그리던 학생은 어디 있는가.

어긋난 가지와 떨어진 빛들 떨어지자마자 굳은
잎사귀의 맹세들. 웃다가 멈출 때 생겨난 그림자를
만지니 웃자라고 흩어지는 유월은 잠시였으나
영원하였고 시월은 말 못하는 유월의 형제가 되었다.

멀리 가지 못한 숨을 토해내는 풀과 어린 나무
위로 쏟아지는 흰 재들. 이마만이 아는 미세한 어둠의
무게. 그것은 언제나 새벽의 일이다.
가지와 가지가 엉키어 공중에 새겨지고 있는
고요한 약속. 새벽에 관한 일이며 너의 유일한
식물성으로 세워지는 어둠 속에 뼈가 가능해지는.

그대로 두고 사라지지 않으면 빛이 오른다.
그때까지 오로지 눈길만을 그곳에 먹이로 주면 돼.

새벽은 뼈, 뼈는 네 어두운 뺨
뺨은 손, 습기 어린 창마다 놓여 얼어가고 있는
눈동자는 사물들의 원경을 향하고 머리가 희끗한
이들이 들어갔다가 되돌아오지 않는 길은 어두워진다.
가늘고 긴 새들의 눈동자 속으로 뼈들이 드리워진다.
흰 빛은 조금씩 다른 무게로 슬펐다는 것을
기억합니다만.

어느 날 도착한 편지를 뜯어 그것을 햇볕에 내어

말리며 눈동자가 투명하게 말라가도록 읽은 이후
그녀는 다른 것을 볼 수 없었네.

　　흰 칼라와 옷깃을 적시고 뼈마디 튀어나온
손등으로 이어져 떨어지는 붉은 핏방울. 신기한
밤이야. 핏속에 깊은 밤이 스민다. 누구와도 나눠 가질
수 없는 어둠과 세기의 근원이 스민 것처럼. 너는 혀로
그것을 핥아 그것이 왔던 곳으로 보내려 한다. 내 몸을
한 바퀴 돌아주겠니. 다정한 나의 심장이여. 망가진
그림자가 성립할 수 없다는 것을 모른 채 그림자에
갇혀 종일 보낸 숲의 놀이가 끝나기 전에 너의 눈은
기우뚱. 너의 눈을 보며 생각했어. 내 심장을 만지지
못하고 나를 그만두는 것이 신기하고

　　너의 눈동자에 갇힌 그림자와 물기들은 장난처럼
가지를 만들고 풀을 내달고 너의 허공은 입, 너의 눈은
심장과 숲. 핏기 어린 음성을 들으며 너의 밖에 떠돌던
사람들, 너의 누이, 너의 어둠, 너의 말이 되지 않은
말들. 누군가는 악사가 되고 누군가는 고장 난 물건을
모으는 사람 되어 밤을 돌고 있다.
　　TV 밖에서 누군가 지켜워라고 말할 때 너는 그
말의 아름다움에 사로잡히곤 했다. 마른 흙에 툭
떨어지는 자갈의 음성에 소스라치게 놀라는 작은
동물이 되어. 지겹다는 말. 끝없는 끝. 무해하게

피어오르는 연기. 깊이 없이 떨어지는 나락의 아득함.
너는 그녀의 허공을 바라보았다. 그녀의 허공 안에서
이뤄지는 것은 그녀의 눈을 통해 두 번 세 번 거듭나며,
번복되며 그러나 이내 낡아지며 가까워져오는 중이며
빼곡해지는 중이며 그중 꺾이는 가지들의 흔들림과
부스러지는 잎사귀의 운명들, 이가 부러진 짐승들이
지나는 한밤을 아무도 가늠하지 않았지만 그것들은
저울추의 중심처럼 세계의 소음들로부터 먼 곳과
가까운 곳의 안개를 조율하곤 했다.

　　흐느껴 우는 사람의 엎드린 부분에는 기나긴 어둠이
자라나고 있다. 공간과 시간을 사로잡는 명암으로
그의 발치에 어린 짐승들이 모여든다. 그의 목둘레에
자라는 희고 가는 섬유질처럼 누구에게나 있었던 여린
살과 언덕의 풀들처럼 그것들은 남모르게 유지되고
자라고 있다. 어떤 그늘을 배경으로 삼지 못한 채 온통
내어둔 채 자라고 있다. 그의 손가락 마디가 천천히
움직인다. 그의 손가락 마디는 그를 위로한다. 엎드린
그의 손가락 마디가 뜻하지 않게 움직이면 그 움직임이
그를 위로하며 깨운다는 것을 안다. 이것이 흐느낌에
포함되는 낮과 밤의 일이다. 이보다 더한 어둠과 낮과
밤이 존재하여도 그는 입을 다물고 어느 날의 그의
허공, 그의 숲과 같은 그의 심장에 대해 다시는 말하지
않을 것이다. 그곳에 다녀온 사람들만이 긴 말을
적어가고 있다.

# 결 론 들 은  녹 아 내 린 다

밖은 춥고 날이 저물며 방의 시선은 비어가는 나뭇가지
끝을 향한다. 사물과 형태는 견고하나 결심과 결론들이
녹아내리는

　책상에 엎드려 있는 회색. 네가 비어가는 삼 년 십 년
열린 적 없는 벽들, 포도 넝쿨이 타고 오르는 그늘

　해안의 물결을 그림자로 이고 움직이며 움직이길
멈추지 않는 벽, 내부에서 일어나지 않는 회색에 대해
말할까. 말해야 할 것들은 침묵을 가장한다. 얼마나 오래
이곳에 있을까요. 아직은 때가 아니야. 나오면 너는
곧장 사라질걸. 소리는 사라져야 하는 것 아닌가요.
사라지는 걸 늦출 순 있어. 당신은 누군가요. 나타나지
않은 소리인가요. 당신은 내게 얼마나 오래 도착하고
있었나요. 나는 말할 수 있는 것이 없어. 굳이 말하자면
나는 너의 바닥이 아닐까. 나는 무섭다.

　얼마나 오래된 치아를 가져야 그것을 말해낼 수
있을까 그것을 말하기에 충분한 혀는 어디에서 시작될까.
뿌리를 더듬다가 단 한 마디의 말이 시작되면.

그것이 가능한 침잠의 입 안, 어둠의 끝점에서
그것이 시작되면 나는 치아 사이로 스 프 하 흐 바람이
새어 나가는 소리를 내어보낼 것이다. 말이 되기 이전.
어둠은 말 자체였네.


겨울 방 안에 갇히어 너는 낡은 스피커를 만지고
레코드판을 손에 집어 든다, 공간은 소리를 머금고
공간은 소리를 삼키어 종국엔 고요만이 쌓여 있던 방.
오래도록 서 있다. 느리게 행운이 깃들듯 너의
어깨로 방의 시선들이 스미면 나는 그것이 나를 향한
좋은 징조인 듯 슬며시 풀려나는 미소를 짓게 되었고
결론은 미소와 함께 녹아내렸다.
방들의 안목이 있듯이 그리고 방들의 안목이 그것을
결정하는 것처럼 우리는 비어간다. 소외시키는 것은
이토록 내밀한 내부였군요. 나는 충만한 채 밀려갑니다.
그들 역시 방 안이었다가 지금은 방 밖이 된다.


먼지 많은 탁자를 조용히 걸레질하고 나가는
사람과 그 위로 책을 옮겨놓는 사람들. 주전자를 들고
와서 비어 있는 컵에 물을 따르고 가는 사람. 악보를
벽에 걸고 그것을 소리 내어 부르는 사람. 음표를 읽는
것은 벽을 더듬어 노래하는 옛사람의 일처럼 보이지만
그는 눈이 밝고 또한 좋은 허공을 가진 사람이란다.
방이 가둔 사람들.

들을 수 없는 곳에서 너를 움직임으로 듣는다.
감을수록 선명해지는 움직임. 멀리 나아가는 것은
더욱 이전이 되는 것이었어. 너의 회색이 사라진
후 창을 두드리는 낱알 같은 소리들이 있어왔다.
내 치아는 아직 말하기에 충분하지 않다. 새들의
부리처럼


　저녁, 너는 고개를 들지 않은 채 종이를 뜯고 있다.
까마귀가 드물게 우는 곳에서 플라타너스 잎사귀들이
말라가는 운동장 끝에서, 네가 뜯는 종이들이 쌓이고
있다. 그곳을 지나친 사람들이 그림자로 다가와 너를
둘러싸고 어제부터 네가 보이지 않는 것에 대해
말하기 시작한다. 너는 듣지 않는다. 너는 매일 같은
시간 그곳에 앉아 종이를 뜯었다. 종이는 몇 겹 젖고
마르길 반복하며 딱딱해져 뜯는 것이 쉽지 않다.
종이를 뜯는 네 손의 움직임은 시간이 갈수록 너를
움직임의 반복, 조밀한 어둠, 반복의 열기로 데려간다.
움직임의 형태가 반복되며 작은 방이 생겨난다. 너는
그곳으로 발을 넣는다. 한 발 한 발 집어넣는다. 그곳엔
새로운 밝기가 있고 어둠이 있고 아직 일어나지 않은
사람들이 있다. 돌로 막은 구덩이 안에 일어나지 않는
웃음이 있다. 너는 그곳이 사라지지 않도록 움직임을
멈추지 않는다. 주지 않은 책임을 너는 기꺼이 얻은
사람. 누군가의 어둠, 누군가의 발길, 어느 날 사라진

이들의 그림자가 쌓인 형상. 쌓이는 것은 쌓이는 면과 면 사이, 장면과 장면 사이 새로운 어둠을 만들고 있다.

푸르스름하게 빛이 새어 나오는, 장면과 장면이 겹쳐지는 사이에 또 한 사람이 지나간다. 그는 너와 안면이 없지만 그는 익숙한 면과 움직임과 머리칼과 형형한 눈빛을 가지고 있다. 너는 그를 보면서 너를 떠올린다. 그는 너와 다른 움직임을 가지고 있지만 너는 그를 보며 거울처럼 움직이는 다른 곳의 너를 알게 될 것 같다. 굴러오는 바퀴, 날아오는 봄의 흰 나비, 자전거와 전등. 나무에 떨어지는 빗방울과 나무 아래서 듣는 함성 같은 침묵, 너는 그가 그것들을 지니고 걸어가는 것을 본다. 너는 그가 너의 아버지와 같은 존재라고 일순 느낀다. 너의 부엌에는 솥이 걸리고 양파와 감자를 잔뜩 넣은 국이 끓고 있다. 너는 누구를 위해 그것을 준비하는지 알 수 없지만 너는 그것을 필요로 하는 사람에 의해서 네가 그것을 준비하고 방을 데우고 있다는 것을 알 것만 같다. 어둠에 등을 내거는 것처럼 그것이 필요한 사람을 위해 아직 오지 않는 날들에도 솥을 건다. 그렇다면 저 창밖을 걸어가는 사람을 불러야 할까. 타인을 불러와야 할 것만 같은 사람인 너는 모자를 푹 눌러쓴 채 저녁 바람 속으로 걸어 들어갔다.
바람 속에는 지나간 시간의 숨소리들이 스며 있어

너는 눈물을 흘릴 것 같다. 그것은 낯모르는 반가움,
낯모르는 설렘, 낯모르는 환대와 거친 손길. 뒤섞인
순간. 유리창은 깨어질 듯 흔들리고 사람들은 연약한
울타리 안에서 무언가를 끓인다. 연기를 내보내며
시간이 감기는 시계처럼 집들은 보이지 않는 연기를
밖으로 내보낸다. 구름이 허공을 감싸고 돈다. 너는
이 방이 사라지지 않도록 입을 다물고 움직임을
계속한다. 플라타너스 아래서 아직 끝나지 않은
네가 종이를 뜯는 것으로 지금을 지속한다는 소식을
만드는 중이다.

칼 과  바 호 르 ,
식 은  우 유 를  마 시 는  K




I.

기차에서 쏟아져 내리는 아이들은 검고 작고 쉼 없이
 움직인다.
작은 종의 울림처럼
발을 옮겨 다니는 공처럼
너는 눈을 게슴츠레 뜨고 그것을 본다. 그것이 결코
소나 염소, 둥근 빵이 아닌 것을 알지만
그것을 무엇이라 불러야 할지 망설인다.
너의 등허리 어디쯤을 간지럽고 따갑게 만드는 장면
너의 하인이
너의 등을 어루만지며 "이제 우리도 가야 할 시간이
 되었어요"라고 말하는 것을 듣는다
출발을 알리는 기적 소리
연기를 내뿜는 기관차는 고대의 바위처럼
검고 육중하다
해를 거듭하고 왕이 바뀌고 새로운 통치자가
다시 죽임을 당한 후다.

사막에 검은 풀들이 뒤덮이고 검고 질긴 풀들
사이로 앵앵거리는 날벌레들이 무수해지고 그것들이
모래바람 속에 대형을 이뤄 둥글게 평평하게 펼쳐진
양탄자처럼 긴 모양을 이뤄 동쪽의 섬까지 이르게 된
것을 너는 목격한다.


2.

꿈, 이곳은 지워져가는 땅입니다.


너는 너의 숨결이 줄어든 것을 느껴본 적 없고
알아챈 적 없으며 호흡을 걱정한 적 없다. 길고 유연한
다리로 모래와 자갈과 마른 풀과 진득하게 엉겨 붙는
회반죽 같은 길들과, 화강암과 화산재를 걸었다.
너는 엎드려 절하고. 무엇을 하지 않으며
사랑을 유지하는 것에 골몰했다. 손에 잡히는 순간
녹아내리는 사람들, 이끼, 검은 바위, 모였다가
흩어지는 아이들, 저녁이면 모래벌판의 저 먼
어딘가에 어둡고 거친 세계의 이빨들이 굴러다니며
내는 소리를 골똘하게 보았다.
누군가 흐느낄 때 너는 슬픔이 가져다준 바람에
싸여 잠이 들었다. 꿈에 드는 이들, 잠에서 떨어져
나오는 얇고 유연한 그림들


너는 새벽녘 꿈에서 흘러나온다. 일어나 앉는다.
너의 몸이 일어날 때 너의 시야에 느리고 유연하게

닫히는 별들의 현관을 본다. 눈을 감을 때 서로
분리되어 흐르는 세계에 착시처럼 스며드는 장면. 입을
다물면 피어나는 연기를 닮은 꽃들과 바위. 미소처럼
점점 번져가는 풀들, 영원하여라. 사랑을 구사하는
자연을 너는 본다. 아직 도착하지 않았던 인식이 너의
이마에 흔적처럼 앉는다. 이것은 있는 것일까 아직
있지 않은 것일까. 다시 바람이 일자 너는 공중에
펼쳐지는 것을 오래 바라본다.


　3.

너는 오래전 바다에서 주운 스티로폼 조각을 뜯고
있다. 그것은 오래전의 기억을 가져다주고 네가
그것을 뜯을 때면 어느 누구도 너를 제지하지 않는다.
너의 손을 물끄러미 내려다보는 하인은 너의 곁에서
때로 검고 말 없는 사람이었다가 때로 너의 손등을
깊이 어루만지는 사랑하는 사람이었다. 그것을
기억하는 것이 슬픔이므로 너와 그는 입을 다문다.
이생에서 한 번도 없었던 일을 행하는 것처럼 과거를
가져오는 것, 뭉쳐진 둥근 기억으로 들어가 잡힐 듯한
구체를 그리는 것은 어쩐지 죄가 아닌가. 만져지지
않던 것에 손이 닿을 때 느끼는 두려움. 죄의 연속을
만드는 것이므로 너희는 아무것도 기억하지 않는
사람처럼 입을 다문다. 아무것도 기억하지 않는 것은
성립되지 않으니 너희는 시간 속에서 둥근 더미에
갇힌 사람.

둥둥 뜨는 유분의 어떤 기미들 속에서 흩어지지
않는 밀도의 유분이 서로를 결속하는 속에서 이제
나의 빛깔이 너의 것이 되고 너의 빛깔이 저물녘
어스름처럼 나의 평면에 스미어드는.


그래서 어떻단 거지? 너는 슬픔을 말하는 다른
방식에 대해 골몰하고 곡식과 물이 너를 채우고 너의
물이 불어나고 해가 두 번 지는 동안 입을 다물었잖아.
'기차는 견고했어.'
그 견고함이 아이들을 국경 너머로 실어 나를 때
물러지지 않는 단단한 철과 어둠 속에서 아이들은
연기를 마시고 내뿜었다. 두려움이 큰 아이들이
가르쳐준 연기를 마시는 법을 실의를 체화한 몸들이
엎드려 실행하는 더미 속. 아이들은 어디에든 입을
모으고 가져다대고 있는 힘껏 그렇게 연기를 더 채울
수 없을 때까지 가득.


'그맘때 아버지는 학교 가기 전에 젖을 먹고
갔대요. 내가 아는 가장 끔찍한 여자의 일대기 속에
아버지가 있어요.'


소년과 소녀들은 성별을 잃고 껍질이 떨어지지
않은 목화솜 덩어리를 모아 잘 자리를 만들고 서로를
잡아당기고 끌어안고 밀어내길 반복했어. 너의 세계가
나의 세계 없이 가능한 곳에서 어둠은 얼마나 지독하게

풀어 헤쳐지고 밀착되길 반복하는가. 땅의 이력이며
땅과 하늘의 이력인 땅과 하늘 사이 설명되지 않는
불분명한 속도들의 충돌


    4.
아이들은 담배를 찾았지만 그것은 담배가 아니었어.
기차에서 내릴 때 아이들은 다리를 구르며 몸을
아래로 향하고 뛰어 내렸지만 그것은 하차가 아니라
튕겨져 내린 것이었어. 더 갈 곳이 없는 곳에서
무임승차한 작고 우글거리는 승객들을 싣고 기관사는
앞만 보고 달렸다. 캅카스 산맥과 더없이 순한 하늘의
푸른빛이 펼쳐지는 곳에서 그는 자신의 눈물이 그
하늘에 닿으리라 생각했다. 그는 도시를 기억하고
있었다. 전쟁이 일지 않고 성조기를 단 햄버거
가게와 아이스크림 카페와 꽃 가게가 즐비한 도시.
기관사는 기차를 멈추고 오래 정차했다. 이것이
어쩌면 그의 마지막 운행이 될 것이다. 두 도시 간의
전쟁이 끝나기 전에는 다시 달리지 않을 것이며 그는
정작 자신이 어디서 멈춰야 하며 어디로 가야 할지
몰랐다. 아이들이 내리기 시작하자 그가 고개를 깊이
파묻다가 들어 올린다. 그의 시선이 향할 수 있는 가장
먼 곳에 아직 눈이 덮여 있다.


    국경을 넘는 기차가 오래 입을 벌리고 지친
짐승처럼 숨을 내쉰다. 일단의 덜컹거림이 멈춘 것을

작고 우글거리는 틈에서 명민한 한 아이가 알아채고
소리쳤다. 그것은 흘렙! 코페! 시가렛! 같은 말 중
하나이다. 아이들은 그렇게 정차한 곳에서 뛰어내리고
걷기 시작했다. 다른 기차가 나타날 때까지 아이들은
마주치는 모든 사람에게 담배를 구했지만 아무도
담배를 주지 않았다. 한 신사가 아이들의 나이를
물었다. 밝고 건강한 눈을 가진 한 아이가 손가락을
펴 보이자 신사는 지갑에서 몇 장의 지폐를 꺼내어
아이에게 빵을 사서 나눠 먹을 것을 권했다.

아이들은 몇 장의 지폐를 가지고 시내의 카페
구석으로 가서 버려진 꽁초를 모으고 낙엽을 모아
지폐로 그것들을 말았다. 먼 나라의 대사들이 식사를
하는 카페에서 아이들을 쫓아내는 종업원들의
발길질에도 불구하고 끈덕지게 가장 푸짐한 테이블로
다가가 구하지 않은 빵을 덥석 집어 왔다. 묻고 답하는
것을, 기다리는 것을 가르쳐주지 않은 도시에서는
전쟁이 끊이지 않았다.

한 아이는 집 마당의 닭장을 열어놓고 온 것을
내내 걱정했다. 아이는 누워서 연기를 내뱉으며
마르고 푸른 다리를 가진, 먹이 다툼에서 번번이
밀리는 밀리찌야를 걱정했다. 경찰이라는 이름의
수탉이었다. 수탉은 검푸른 새벽 아이의 꿈에

출몰했으며 아이는 기억나지 않는 엄마의 얼굴 대신
수탉의 흔적이 기어오르는 것 같은 팔을 매만지며
잠에서 깨곤 했다. 부서지는 꿈의 경계 안에 수탉을
기어이 가지고 들어오는 신의 끈덕진 손길을
어렴풋이 보는 듯했다.

　　아이의 먼 곳. 닿을 수 없는 낯선 곳에서 자라나고
있는 아이의 한낮. 파꽃 끝에서 담장을 둘러싼
나무 울타리 안에 갇힌 포화와 함께 한낮의 열기가
피어오른다. 보리수 열매는 그늘과 풀숲에 떨어지고
마당에 누운 밀리찌야를 노파가 들어 올린다. 떨어진
보리수 열매가 흙을 파는 어린 돼지의 입 속으로
들어간다. 모든 아이는 한 아이. 아이가 꾸는 꿈들도
하나. 아이와 꿈 사이에 닭이 모이를 쪼고 있다.
풀썩거리는 돼지의 입소리가 잦아든다.


　　5.
혹부리 할머니 곁에서 너는 태양처럼 빛이 난다.
바짝 깎은 머리통은 둥글고 이마는 평온하며 눈썹은
부드럽게 호를 이루고 바다에서 불어오는 바람에
그을린 피부는 유월의 감나무 잎사귀처럼 맑게 윤이
났다. 네가 온종일 시간을 보내는 언덕의 소나무를
닮은 자태. 늦여름 고구마 밭에서 뒹굴다 묻히고 온
붉은 흙의 내음이 네 주변을 떠돌았다. 좀처럼 닦지
않는 너의 손등의 검은 더께는 그러나 쉬이 사라지지

않아서 너는 영하의 기온으로 내려간 어느 날, 성이 난
할머니의 손에 이끌리어 부엌 앞 우물가에 옷을 벗고
떨며 서야 했다. 너는 어느 날부터 추위보다, 몸에서
뜨겁게 오르고 내리는 열기보다 담장 위로 올라온
너를 향한 시선들이 어려웠다. 어째서 어려운 것일까.
어느 날의 너는 그것을 어려워하는 것을 어려워했다.
너는 짐짓 너의 몸이 너의 것이 아닌 것처럼 타고난
부끄러움이나 수치심이 없는 사람인 것처럼 너의
부끄러움을 외면하려고 시선을 모르는 척했지만 너의
귓불은 추위가 아니라 수치심으로 붉어지고 너의
머리칼은 모든 싫은 감정을 대변하듯 빳빳하게 서는
것 같았다. 떨리는 너의 발. 시멘트 바닥은 마당의
커다란 바위 위를 덮고 있어 드문드문 바위가 드러나
있고 여름내 푸르러지다 노랗게 말라가는 이끼가
단조롭게 너의 발에 눌린다. 너는 문득 마른 이끼를
누르는 발바닥의 감촉을 느끼며 더 안타깝고 외로운
마음이 된다.


    6.
너는 겨울을 나는 동안 아이들을 마주치면 담배를
주곤 했다. 봄이 오고 아이들은 사라졌다.


    7.

8.


9.

바위에서 자라나는 그림자처럼 수명이 짧던 시절의
사람처럼 바위를 향하는 겸손과 어떤 열정으로
너는 쉬지 않고 달리어 소리 가득한 언덕을 등지고
이곳으로 들어왔다. 네가 도착한 세계에 저녁과
한낮의 결정들이 모여 불을 쬐고 있었다. 사막의
미음과 시옷을 떠올리며 너는 느리게 모래를 걸었다.
목소리만 남은 사람들은 저음으로 이야기를 나눈다.
이곳에 몸을 가진 이는 너뿐이며 너의 등을 쓰다듬는
손길마저 음성이다. 저음의 음성이 풀을 쓰러뜨리는
바람이 되고 네 손끝의 온기를 건드린다. 너는 가슴을
훑고 지나가는 어떤 뭉클한 정체에 대해 고심한다.
두꺼비의 등딱지와 깊은 어둠의 속과 더 깊은 숲을
향하는 지빠귀의 울음소리, 스치고 지나가는 이전
생의 흔적들을 떠올린다. 혼에도 눈이 있나요? 혼은
혼령과 어떻게 다른가요? 여기 이렇게 움직이는
것들이 눈물의 근원이 아닐까요. 내 심장에 움직이는
이것은 왜 둥근가요. 심장 안에 무엇이 뭉개지고
날카로워지려다 둥글어지길 반복합니까. 왜 둥근
것으로 모두 가버리나요. 나는 멈추고 싶습니다. 나는
모서리를 가진 채 멈추고 싶습니다. 무엇이 내게
그것을 가르쳐주었나요

## 10

풀을 밟고 걸어가는 사람, 알지 못한 것을 둔 채
그대로 먼 곳을 향한 사람. 그리고 여기 차례를
기다리는 사람들. 그것이 무엇을 의미하는지 알지
못한 채 그것을 하는 사람들. 기한이 지난 표를 들고도
밝게 웃는 대관람차 앞의 혼령들.

　딱 그렇게 서 있었다고 하더군요. 겨울을 혼자
보낸 식은 그릇 속에 굳어가는 열매처럼. 겨울을 혼자
보낸 남해의 바닷가. 네가 떠나고 네 엄마가 남자를
따라가고 너의 형이 섬 밖으로 사라지고 너의 다른
형이 한 노인을 해치고 육지의 차가운 옥방으로 간 뒤.

　겨울을 혼자 보낸 작은 밤톨처럼 어느 숲의 잎이
가득 진 나무의 발치에서. 군불을 때어도 냉기가
사라지지 않는 방에서 흔들리는 틀니처럼 오들거리는
문틀을 바라보며. 그리고 그녀가 어루만지는 만져도
만져지지 않는 것의 뭉클한 정체. 심장을 꺼내어 손에
쥐어보고 싶었어. 그 안에 남은 핏덩이로 대기선
밖에서 기한이 지난 표를 들고 말라가는 혼령을
위로할 수 있다면.

## 11

그곳은 이끼 낀 전차. 영등포, 노량진. 어둡지만
이곳은 어이없이 크고 화려한 옷 같아요. 딱딱하게
부식되어가는 갑옷을 둘러쓰고 아버지 손을 잡고

열차를 기다렸습니다. 당신이 기다리던, 깃발 환하게
뒤집어쓴 당신을 낳은 사람들의 흰 모자들. 환유되지
않는 구름의 뒷면 같은 도시.

　　그곳은 언덕. 그곳은 뻐꾸기 두어 마리 깃든.
뒤집으면 뒷면엔 너의 또렷한 눈물이 뚝 뚝. 형상이
소리가 되어 나오면 유월 숲을 흔드는 새벽의 소리가
되곤 했어. 그건 너무 더운 것 아니니. 새벽이라기엔
작열하는 태양의 소리 같아. 우리는 그것을 논한
적 없지만 논하지 않은 것들 속에서 서로의 의미가
부풀어가고 있었다.
　　녹음에 기대어 녹음에 잇대어. 초록을 말하면
초록은 실제보다 더 싱그럽고 단단하게 느껴지지만
내가 본 초록의 대부분은 회색이 묻은 초록. 진흙에
가까운 초록. 그것을 뒤집고 또 뒤집어 쌀을 빚고,
양파를 빚고, 너는 또 무엇을 빚었나, 사람을 빚고.
황급히 놀라 사라지는 저 노루의 없는 꼬리처럼.
우리는 상상의 작은 허공들을 밟으며 상상의 천장을
만들고 상승했다. 한껏 높은 탑의 꼭대기는 물상의
십여 미터 밖까지 치솟아 근방 사십여 킬로미터 인근의
말과 사람들이 그것의 날카로운 끝의 이상을 보고 놀라
높이 다리를 흔들거나 말문이 막혀 저녁을 향해 서둘러
걷곤 한다.

너의 창은 위해를 가할 만큼 그 누군가를 향하지
않고 둔하게 닳은 끝을 가졌고 너의 오두막 창가를
에워싸던 눈빛들은 이제 다른 곳을 찾아 떠난다.
　　겨울의 날카로운 이빨들이 사라지고 너의
심장은 여전히 네가 가진 핏덩이. 그것이 움직여도
보이지 않지만 보이지 않고서 움직이는 것이 눈물의
근원이라는 것을 너는 자꾸 믿는다.

　　너는 천천히 가슴 가운데로 파고드는 너의 한 손을
감싼다. 너의 손이 혼령이고 너의 손이 기한이 지난
표이고 너의 손이 두려운 군중이며 대기선 밖에서
말라가는 남천,
　　달리는 언덕이고 불러보지 않은 어머니, 깃발이
되지 못한 어떤 심정들. 그것의 혼령 밖에서 두런거리는
목소리. 파랑. 파랑. 희고 불그스름해지려다 만다.
연두로 옮아가는 그것의 움직임. 눈물은 네 안에서 흘려
내보내는 작은 계곡의 줄기들 같아서 너의 연혁을
따라가듯 오르다 보면 너와 나는 같은 시작에 이르겠나.
　　그 시작에 무엇을 흘려보내겠나. 가벼운 그것.
가벼운 빛, 음성, 흐름을 방해하지 않을 너의 의지.
그러나 끊어지지 않고 실려 갈 시간을 닮은 의지.
언덕을 향해 가던 걸음을 멈춘 사람들이 문득 돌아보는
곳에 둔덕. 잠든 고라니들이 둔덕 위에 무심하다. 무엇에
시선을 두는 것은 무엇을 의미하나요. 오른손 검지와

왼손 검지를 들어 수직과 수평을 이루면 너의 마음에
무심하게 생겨나는 형상. 그것의 이름.

그곳을 걸으며 등 뒤에 피고 지길
반복하였네

1.

중흥동 신안동 말바우사거리
계림동 임동 강진군 대구면

사라진 동네와 사라짐이 진행 중인
이름을 놓고 흩어지는 색조를 모은다.
한낮의 뇌와 미세한
사이의 사이

피었다가 지길 반복하는 길들에
해의 꽃들이 희고
풀을 밟으며 눈물 쏟는 소리
고라니 두 마리 논에서 뛰쳐나온다
옅은 냄새를 따르는 흔적
저녁을 이르는 아스라한 빛들,
골목을 돌고 있는 몇 마리의 동물들.
할머니는 담장 아래 바느질을 하고
눈을 감았다 뜨는 여자와
달리기를 하다 멎는 아이들

중흥동 계림동 말바우사거리
믿을 수 없는 너는 모습을 보이고.
연기는 피어오르고
누구라도 여기에 돌아오는 사람이 된다

물그늘에 드리우는 검은 산 검은 구름,
무엇의 잔영으로 오늘을 지니나
화엄사 계곡에 든 물고기의 잔등
흐르는 물고기의 하늘은 물
너는 눈동자를 손으로 만진다
눈알의 하늘은 눈물
너는 눈물을 만지고 네 하늘을 본다
물고기의 분초는 가시가 되고
너의 가시는 어제의 작은 이빨들
돋아나는
바람의 성긴 눈빛
어제의 나머지를 살고
어제의 어제를 이고


    **2.**

신의 떨어진 한쪽 빛을 주워 드는 이에게
나무 고름을 이고 한가득 잠이 되는 풍성함에 이르니
잠이 충분하여 당신에게 이르겠나
나무의 고된 여름이 갈기를 쓰다듬는 손길이 되고
말을 배우는 아이가 되어

어느 날은 풀포기를 세어보다 날이 저문다네
풀은 하나로 완전하여
풀의 하늘, 풀의 과거, 풀의
풀포기 속으로 스며든다
드디어 잊을 수 있는 물질
풀의 열정

길이 너의 발을 감싼다
비쳐들던 산과 걸음
그림자를 들출 때
머뭇하며 갇힌 사람
손을 내어 닿자마자 사라진다.

산그늘을 걷는 이전 생의 아이들
웃을 때 일어나던 흰 백합화
나는 달리며 웃는 너의 얼굴을 보았지
거미처럼 살아가야 한다고 어머니는 말했네
엎드려 잠이 들 때
이 방의 무엇인가 네게 전한 기미
작은 나의 어머니
작은 나의 방
너는 작은 엎드림
네 위로 지나가는 선과 움직임

3.

부레옥잠 속에서 한 올 한 올 일어나는 잠
거품이 되어가네
새들이 하늘을 덮네


4.

엎드려 있는 동안 아름다워지고 있을 거라 상상했어.
엎드리면 어둠은 부드럽고 깊어진다. 네가 만들 수
있는 가장 깊은 물처럼, 가장 머나먼 곳처럼. 지붕이
사라지고 잎이 커다란 나무가 지붕의 가장자리에
드리우고 구름은 높은 듯 가까워 엎드린 너의 눈에
드는 마당의 한 아이. 마당에 걸어 나온 그곳의 아이는
작은 몸이 뒤로 넘어가도록 하늘을 향한 눈길을
멈추지 않는다. 무에 가까운 의지를 잃기 전 아이는
하늘만큼 높다. 엎드리면 무한으로 깊어지는 고도,
소리는 원근으로 움직이며 가까워지고 그곳으로 가는
문을 어머니는 조금만 열어놓았다. 간헐적으로 열리는
낮잠의 서늘한 장소. 너는 그녀가 조금만 열어놓은
문을 조금만 알지 못했다. 조금만 열린 곳을 지나가기
위해 전생부터 애써온 사람들이 한곳에서 일을 하고
있다.

조금만 열려 있다는 건 착각이었어. 착각으로 인해
생긴 착오들이 흰 성 위에 쌓여온 서류 뭉치가 산을

오르지 못할 이유가 되어 있었다. 쌓인 착오들을
나르기 시작하고 다른 곳에 쌓인 착오들을 보고
그것은 착각이었어 말하는 것을 듣고 그것을 다시
옮기고

땅거미는 착오의 그림자들로 뒤덮였다. 여우의
울음소리도 털이 어두운 들짐승들의 어두운 소리로도
덮을 수 없는 착오의 시간들이 부시게 불을 밝히고
쌓이고 있었다. 타오르는 착오들을 먼 곳의 사람들이
별의 기미로 옮긴다. 옮겨 온 별들이 뭇 생명들을
밝히며 내려앉는다. 네가 숲을 밟고 지나는구나.
발자국 소리 어두운 눈동자 되어 쌓이고 있다.

돌로 둘러싸인 회당에서 엎드리는 것을 기도로
삼았다. 바람이 들지 않는 돌의 모퉁이에 자생의
바람이 일고 이마가 닿는 곳에 생겨나는 여리고
평평한 서늘함이 너는 신기하였다. 신기한 것들은
정수리까지 삐져나온 불안한 영혼을 살랑이며
잠재우고 너는 사탕을 입에 물고 잠이 드는 아이처럼
이마가 만드는 서늘한 장면을 만지며 잠기어 그것이
깊고 이우는 잠이 될 때까지 평안과 안식에 다다른 땅
속 사람의 고요를 닮을 때까지
서늘함의 깊이가 다른 장면을 여는 문이 될 수
있을까. 기도를 마치는 것은 가능한가. 무덤을 열고

들어온 사람 서늘하고 어두운 돌의 무게가 회당을
채우고 한 명도 빠져나가지 않는 것 같지만 아무도
머물지 않는 내부는 선지자의 땅처럼 동서남북 무로
돌아간다. 차갑지 않고 뜨겁지 않은 걸음을 삼키는
곳, 방랑을 토해내는 태양과 생육과 번성을 외우는
빗줄기, 육중한 의자와 탁상이 먼 곳의 바위처럼 한
단 한 단 아래를 향한다. 수평선을 가지는 땅 아래의
미래들. 꿈은 상승하는 것입니까. 비로소 하강을 이뤄
중심에 이른 사람이 되어 풀포기를 만지나니. 모두의
잠과 꿈이 한곳에서 온다는 건 변하지 않아요. 우리의
신은 다른 곳에 있지 않습니다. 오목가슴에 갓 떼어 낸
잎사귀 놓여 있는 것을 미친 남자들이 와서 떼어내려
했어요. 이것은 너무 작은 것, 너무 작은 것. 그대들이
갖기엔 나는 이토록 너무 작은 것

언제나 무엇보다 더욱 깊이 엎드리는 것이 기도가
되는 것을 증명할 수 있을까. 기도를 마친 사람들은
무엇을 어디까지 마쳤나. 문이 열리고 그가 데려온
신은 그와 함께 나가는 것일까. 그들의 조용한
걸음은 어느 신의 긴 호흡처럼 가을날 연이은 하늘의
구름처럼 회당에서 그들 각자의 집까지 이어질 수
있어야 한다. 구름의 그늘 안에 노는 어린 짐승들과
놓인 자갈들. 딱딱하게 말라가는 치아와 빗장뼈의
침묵 옆에 작업등과 자루가 있다.

길어지는 저 그림자는 엄마일까. 바다가 땅을 올려다
보는 전남 여천군 남면 두라리 회당을 중심으로
종탑에 새벽기도를 알리는 종이 울리고 나는 흙이
되지 못하면서 흙과 닮은 바위가 되지 못하면서
엎드려 기도했다. 풀밭에 엎드리어 분꽃을 만지작
거리는 아이는 한편 분명한 어른. 그 섬에 가장 오래된
슬픔을 그리워하는 이전의 인간. 항해를 알리는 짙고
강한 울음소리. 공중에서 시야를 잃은 비둘기와
바다의 숨결에 휘청대는 갈매기

서른 편의 지루한 넘김을 반복하고서 나는 숨을 쉬고
창밖을 보았다. 반 평 남짓 작은 정원을 지키는 노인이
물을 주고 있었다. 아홉 살 조카를 품에 안아 재우고
내일이 오지 않기를 자신도 모르게 빌다가 곤하고
진득한 아이의 숨소리에 소스라치게 놀라 스스로를
증오하는, 증오로 아이를 키울 수 없음을 두려워하는
당신이 기른 무엇이 모여 웅성이고 있다

여기는 세상의 학교이고
가을은 아닌
가을이 아닌
세 계절 사이에 앉아 있는
등허리와 어깨

사라진 이름으로
이곳을 채워가는 동안
만나지 않은 우리의 만남이 지루해졌다

던지지 않은 공들이 뒹구는 회당 앞 계단에
걷기를 영영 시작하지 않는 너의 발이 있다.

그리고 다른 발들이 조용히 회당을 빠져나간다.

# 잠 속엔 작은 새우 모양 벌레들이

푸른 잎이 길게 돋아나는 병에 있어요
누구라도 그런 병에 걸릴 수 있다고 말했던가
전화를 했던가
그 병에 대해 말했던가
희고 부신 벽의 바깥에
당신의 얼굴이 어리는 것을

사라짐과 나타남의 연속이 움직임이라고 하자
너는 사라지길 반복했다
손을 뻗어 잡으려 하면
망각 속에 헤엄쳐 다니는
잠 속에 작은 새우 모양의 벌레들이
담쟁이 이파리처럼 벽을 뒤덮어가고 있는 것을
이쪽에서 가만히 깊어지고 있는 것을
당신 얼굴을 접시와 사탕을
종 모양의 표정을

물을 주지 않아도 자라나는

애초에 독을 품지 않았으나
스스로 독이 되어가고 있는 푸른 잎에 대해
이 잠의 내부엔 양분은 가득하나
잠을 만드는 너는
껍질만 남아 몸을 일으킬 수 없네
오로지 잎을 키우고 독을 채워가는 성장이
잠을 앗아 가고 자라나는
어둠으로 채워지는 허공에서
영원의 혀 아래 심장을 더듬으며
이렇게 원치 않는 것을
끝없이 얻어가는 생활

변화는 일어나게 마련이니
멈출 수만 있다면 나는

당신이 눈 감으면 얻는 어둠과
내가 눈 감으면 얻는 어둠은
동일한 곳에 있나요
여긴 영원인가요
다른 곳에 있으나 동일한 곳에 머무는
이것은 이름 부를 수 있는 것인가
아카시아 지고
작약은 피어난다
이것이 영원인가요

힘을 다하지 않고
이마를 찌푸리지 않고
한곳에서
생을 멸하고 일으키는
너를 둘러싼 일단의 꽃들, 잎사귀와 가지들
발치에 묻은 뿌리들
그것을 따르는구나
양분을 한껏 얻으면 나는 무엇이 될까
드러누워도 길어지고 있는 푸른 식물들
오른팔의 바깥, 배와 옆구리
푸르러진다
그것이 좋다고들 말한다


그 병에 있다가 고개를 들면
신경증의 전조처럼 세밀한 곳마다
오래전 얼굴 피어난다
새들의 지저귐이 스며들고 있어요
소리가 한번 울려 나올 때마다 짙은 초록이 새어
  나와요
성곽에 돋아나는 세기 전 울음들

나는 말을 달리는 사람을 찾곤 해요
이곳이 납작해지면 땅을 두드릴
실내 경마장과 하루 오십 그릇을 팔면 문을 닫는
추어탕집과
소수만이 기억하는 댄스홀이 있지만
그것만으론 충분하지 않아
이곳에도 말을 달리는 사람이 있을 것 같아요

나는 병에 있어요. 푸른 잎이 돋아나길 멈추지 않고
원하지 않았으나 원치 않는 것을 덮을 만큼
잎사귀는 되어가고
나는 당신이 입고 있는 옷이 되어가고 있어요
이제 가득 채워지면 이곳에서 도려 내어지고 싶었어요
나로부터 점점

오후의 햇볕이 사라지는 곳에서
나는 병을 꺼내 이름을 붙여요.
망각의 깊은 잠 속
작은 새우를 손바닥에 올려놓고
작은 것아, 왜 눈물을 부르나
예외 없이 너는 마음을 작은 몸에 감추고 있구나
말간 분홍빛에 가둬진
모든 몸을 본받아
몸체의 곳곳에 투명의 절벽을 만들려고 해요

내 몸이 가장 좋았죠
내 몸만 한 것이 어디 있나
그곳으로 사라진 사람들을 원망해요
몸 안으로 사라지고 싶었으나
아직 찾지 못한 그곳마다 절벽으로 표시를 하려고 해요
시간을 잊은 사람이 될 수 있기를
어느 날 발견된
암흑의 시작이 되기를
그리고 나는 영원히 뛰어내려
모든 밤의 허공을 사랑하였네

그리고 허공을 사랑했네
검고 깊은 부엌의 안쪽에 아궁이를 틀고
슬픔을 가장한 불을 피워 올렸네
공허를 낳아 이름을 짓고 검은 부엌에 들어가 연기를
　올렸네
아버지 기침 소리 들리니
부서져 내리는 빛을 보고
가본 적 없는 곳을 그리워하는 이들의 행렬을
가늠하며
마른 가지를 불에 넣었네
단순한 이름들의 마음을 궁금해하며
잠든 이의 평화가
공포를 데려오는 세계를 그렸네
한 밤, 한 잠

도망치는 날들에 잠과 밤을 하나로 느꼈어
그 사이에서 태어난
딸들이 있었고

푸른 가지를 내주어도 사라지지 않던
나무의 근원은 깊은 바다로 뿌리를 이었네

흡사 길어진 부리를 가진 것처럼

내 입술은 어둠의 끝
새벽을 향해 달리는 한낮을 끝내지 못하는 사람
돌부리를 걷어차는 어둠 속에서
마차는 멈추지 않고
우리의 성분은 이어지지 않아
어느 한낮 위인전을 펼쳐 든 아이의 어깨 너머로
마차를 끌고 있는 동물의 덮개와 눈을 보았네
눈은 밤을 향하건만
눈은 눈 외에 어떤 것도 허용하지 않건만
어둠을 이고 우리는 밤이 되지 않아

누가 세 음절로 반복되는 노래를 가져다줄까
시냇물 바다 바윗돌
그것을 부르는 동안 망가지지 않는 나무
사라진 여름의 환영으로 서서
이음줄로 팽창하는 영하
망가지지 않는 겨울
망가지지 않는
너의 동그란 것을 향한 상징

너는 물가에서 떠나지 않는구나
씻을 것이 많아도 이제 집으로 돌아가렴
너는 줄기가 휘어진 나무로 태어날 것 같아
구부러진 자리에 무르게 내려앉는 것들을 앉히며
이름이 단순한 마을에서
어둡고 깊은 정짓간에서
구부리고 앉아 나무와 함께 타들어갈
수없이 휘어진 나무로 태어날 수 있어
발치에 자갈을 두고 어깨엔 힘없이 떨어지는 태양을
  염원하는
아궁이의 불길을 보며 운명을 모를 때
너는 운명에 갇힌 사람이었고
타다닥 단타로 떨어지는 삭정이의
붉은빛이 되었을 때
너는 운명을
붉은빛을 짐작하며 날개를 얻었다
고통이 날갯죽지 사이로 새어 들며
불을 밝혔다

## 전 입

나는 고라니에 대해 말하려 했어
밭을 망가뜨리고
고요한 잠을 자는 동물들에 대해
대표적으로 고라니에 대해
그들이 가진 나와 같은 발바닥에 대해 우기기로 했어
나는 수확물을 망가뜨리며
천상을 향하듯 밝은 공포 속을 돌아다녔다
가장 아름다운 상상은
죽음을 바닥으로 두고 있지

도로에 드러누운 고라니의 지난겨울에 대해
너는 굳이 말하려 한다
네가 지나친 눈동자에 대해
너 없는 곳에서 소멸하는 풀잎들과
영원한 잔여물에 대해

그리고 너는 알지 이제 네 이름을 부르는 것은
어떤 공포와 두려움의 떨림을 헤아리는 것

잎사귀를 떨구어 낸 가지 위에
눈이 오자
여름의 환영은 잎새를 털어내고 있다
새의 날갯짓과 부서지는 빛 속에서
쓰레기 봉지를 세고 있는 사람의
등허리와 그의 머리를 덮은 딱딱하고 푸른 모자
속에서
보이지 않는 작은 점들이
스며든 빛으로 일기의 변화를 알아차리듯
딱딱한 굴러온 것들이
발 앞에 잠자코 눈을 감았다

이곳을 교환하자
무엇이든 교환이 가능한 이곳에서
이곳을 교환하는 것만은 바뀌지 않아요
바뀌지 않는 약속을 되뇌는 사관이 걸어간다
바뀌지 않는 법칙을 받아쓰는
눈송이들
눈송이들
돌멩이는 말이 없다
한번은 말이 없는 곳으로 들어갈 줄 알았어
이곳이 끝나가는 걸
부드러운 치마와 육즙이 흐르는 접시
흘러 들어가는 끝의 연속들

그는 말이 없다
침묵은 돌멩이보다 검다
작정하고 그려보세요
그의 눈이 그리는 것
그 눈의
목소리의
머리카락의
검고 가까운
내리쬐는 한낮의 음성을
가져다 베낀 오늘의 날씨가 멈추도록

멈추기로 했던 것을 멈추었다고 사관은 발을 끌며
 종이를 전했다
누가 살지 알 수 없는 집을 쌓아 올리던 인부들이
일제히 계단을 내려왔다

눈 꺼 풀 의   압 력 을   조 절 하 며
닫 았 다   열 면   시 간   밖 으 로   물 러 나 네


살기 위해 움직이는 게 아니라 살아 있어 움직여요.
내 움직임을 끊어주세요. 탁자엔 네 개의 다른
찻잔들이 움직이고 있네. 잦아드는 색깔들. 저편이
우리의 공평한 암흑이 되는 것을 알고 있나요.
움직이던 찻잔들은 계속 움직여야 하네. 동쪽에는
끝이 둥근 이파리들. 웅성이던 바람은 측백나무 눈
속으로 들어가고. 눈이 있는 것을 몰랐다가 알게 된
나무는 흠칫 놀라고 여우의 발에 묻은 눈은 다시
털리고 털린 눈이 잠잠하게 쌓아가는 숲의 고요와
한 군을 이루고. 높은 곳에 위치한 가느다란 선들이
이 숲의 지향점을 움직이고 있어요. 다행으로 여겨요.
거기선 노인과 아이와 억울한 죽음과 바쳐진 죽음이
모두 녹아 섞인다는데. 죽음 후를 상상하고 싶지
않지만 죽음 후의 나는 여우의 잔등처럼 나를 덮고
누르던 사랑을 벗어날지 궁금해요. 몸을 잃은 내
마음은 무엇을 향한 태양이 될까요. 비로소 자신을
찾은 마음은 어떤 커다란 호수에 담기게 될까요.

누워 있는 밤의 누워 있는 사람. 별은 딱딱하고
간절해. 옆으로 움직이는 게들의 걸음처럼 별들이
빛을 옮긴다. 계속 누워 있는 사람. 선 밖에서
움직이는 물체들이 몸을 지나가고 흠칫 놀라는 것은
어둠이 된다. 누워 있는 사람 누운 채로 사라지고.
씻기고 물러가는 여름, 아침, 어둠, 정오 시간은 말갛게
떠오릅니다.

해안선의 가장자리를 지키는 사람이 느슨하고
부드러운 그물을 펼치고 잡아당겼다가 다시 펼치는
것을 볼 수 있어. 그걸 알고도 이생을 유지하는 나,
아버지 어머니 그리고 너, 어린이 강아지, 나물,
어여쁘신 할머니 그리고 나는 다시 그물에 돌돌
말렸다가 펼쳐졌는데 이 장면에 너는 없구나.
반복적으로 펼쳐지는 그물들, 수레국화, 들풀을
씹으며 길을 걷는 사람. 어떤 장면 밖으로 밀려 나왔다.
밀려 나온 사람들이 한때 집을 올리고 점점 높이
올리고 죽지 않은 사람들의 죽기까지 시간을 채우고
식당을 열고 말을 모으고 말을 뒤집어서 까르르
웃으며 다시 넘어가면 눈이 감기고 시간의 밖으로
밀려 나가서 거기 모인 일단의 군중들이 모조리 밀려
나온 사람인 것을 그들에게 지겨워하거나 그리워할
평원은 없는 것을.

가로막힌 입으로 말하고 있지. 지구는 아무래도
평면의 네모 같아. 모서리에서 시작된 곁눈질들이
잇달아 건물을 짓고 신문을 장식하던 나이 든
사람들은 건물의 습한 모서리에 묻히고 있다.
그곳을 듣는 동안
나무는 모른 체하였다
그곳을 듣는 동안
벽으로 스며드는
숨들과 물기
그곳을 듣는 동안
숲의 지향점은 습한 별이 되었다가
딱딱해졌다가


자신이 자라나는 것을 자랑스러워하던
아이가 있었어요
여우는 영원히 눈밭을 뛰고
검은 눈을 가진 엎드린 사냥꾼은
일평생 장면 속에 총부리를 겨누고 있다.
내가 움직인 수백만 킬로미터가 돌돌 말린
그물 안에서
더 깊은 그물 속으로 사라지고
나머지는 폐기물로 남아서 반짝이고 있네
시냇가엔
그물 밖의 심정들

조금 부서지고
망가지고 가루가 된 일부 심장들

## 원 이  된  사 람 들

나는 여러 번 나를 살해한 것 같아
뒷좌석의 누군가 말했다

남들도 다 너만큼은 해
뒷좌석의 누군가 대답했다

대답을 하라는 게 아닌데
대답들이
부딪치는 차창 안에
카나리아
이름 없는 너의 새

이제 정말 오늘은 정말
쓰레기봉투를 버려야 하는데
그것만이 살아 있는 이유이듯
음식물을 버리고
그것만이 살아서 할 유일한 일인 듯
쓰레기봉투를 꼭꼭 내놓기로 해

자신을 살해한 사람들이
모두 다 너만큼은 해 라는 말을 들은 사람들이
밤의 전봇대 아래 모여든 월요일 밤엔
여덟 시 이후에 내놓아야 해요.
다른 요일은요?
마찬가지예요.
어제는 시를 썼어요.
그제는요
그제는 시를 썼어요
시를 쓰는 것을 실패하는 것만이
시를 쓰는 일이라고 다짐했어요
다짐을 폐기하는 것만이
다짐을 성공시키는 것이라고
생각했어요
그리고(잠시 말을 멈췄다)
생각을 버리는 것만이
기술을 얻는 것이란 걸 알아버렸어요.

소통을 원하지 않나요
별나라 달나라 만큼이나
어처구니없는 것이죠

월요일 저녁 여덟 시는 어김없이 왔고
전봇대 아래 모여든 사람들은
이름 없는 새들의 음향을 묻히고 왔고

희고 긴 기둥 큰 눈빛이 날을 세운
모퉁이를 돌면
기술을 버리러 숲으로 오는 사람들
귓바퀴 잔잔하게 드는 그늘의 음향
오로지 서늘하여라
온도를 높은 곳으로 올릴수록 이곳은 서늘한 곳
기술을 멈춘 사람들이 숨을 고르며 빛을 잡는다
둥근 빛 아래 서서히 식어가는 열정들
돌멩이가 된 기원전 열정을 손안에 쥐고
딱딱한 것들을 연신 핥는 강아지들

눈이 내리고 저벅이는 걸음은 어둠과 빛의 중간지대
따뜻함의 일종인 중간지대에 모여 식사를 하네
귀를 기울이고
내려앉은 검은색마다
부서지고 침식하는
노래 중 노래

사람 중 사람
밤이 되어가네
너는 어제부터 나
나는 어제의 어제부터 그
그는
그 어제의 어제의 어제부터 죽음의 연락들을
세기와 세기를 넘어 받아왔으며
도착만 하고 열리지 않은 소식들이 성벽을 이루었다.
얼리어답터로 살아가는 중이었어
수염을 기르고 밑이 짧게 잘린 모자를 쓴 사람들이
　지나가고
선생은 말했네
창자가 끊어지는 아픔에 대해
나는 배를 슬며시 움켜쥐었어
끊어질 수 없는 것으로 전달되는 슬픔은 어떤 것인지

벽돌로 경계를 만든 화단에 모여 이름을 부른다
아버지 정석안 어머니 엄숙희 할머니 김금례
그들은 거룻배와 나룻배
삐걱대며 오래된 물결 위에 정박하였습니다.

이름을 부르면 들려오는 소리
기술을 익힌 사람들이 성안에 갇혀 나오지 못한다는
　것을

오래 잊힌 세기의 사람들이 풍요로워지고 있는 것을
성수에 적신 마리아의 머리칼이 조금씩 줄어드는
 것을 보지 못했나요
누군가 잘린 머리칼을 쥐고 어둠을 파먹고 있는
 것입니다
기도는 지니고 있는 어둠을 양식 삼아 내내
 중얼거리는 것인데
기도를 먹고 태어난 소망들은 또 어떤 흐린 물이 되어
내내 흘러갈까요
너는 어쩜 그렇게 아빠를 닮아가니
표정을 여러 번 살해하고 목적 없는 웃음을
 연습했습니다.
그것이 완성되면 조금 더 잘 살게 될 것이라고
누군가에게 전해 들은 이야기들이 목표를
 만들어갑니다.

이제 눈을 조금 떠봐
조금이라도 봐야 하지 않겠어
나는 2음절의 욕설들을 모두 찾았어
무엇을 다 이룬 것처럼 기뻤어
욕을 하는 건 눈물이 새어 나올 것 같아서야
욕하지 말고
대신 조금씩이라도 사라지려고 해봐
새가 말했다

나와 나 사이
새어 나오는 것은 작은 물기였다
곧 죽을 것 같지만

마른 그림 속에 나뭇가지를 든 사람을
유심히 살펴보렴
나는 어제의 너
너는 그 어제의 어제의 나
다시 돌아와
번번이 살아났다
성긴 단위로

쉼 없이 말해져버렸다
말이 걸음이라면 한 걸음도 놓치지 않고
모든 걸음을 걸어버린 후
초겨울의 캄캄한
바깥 외에는 갖지 못한 네가

숫자들,
태어나던 순간을 떠올리면
귓가에 부서지는
낙엽 잿빛 냄새 떨어지는 태양 잔여물 먼 곳
고래들이 일제히 꼬리를 공중에 띄우는 소리
삼삼오오 삼삼오오 멈추지 마
말은 생겨나고 말을 소모하자
음향 증폭기처럼 커지는 귓바퀴
어떤 말도 무사히
귀를 통과하지 못해
내내 귀를 막았다
귀를 막고 너는 너의 노래를 불렀다

젖었다 식었다 말랐다 차갑게 반복하며
냄새들 얼어붙은 딱딱한 바지는
기억에 없는 너의 아버지 같아
너를 안도하게 하는 유일한 것
손을 비볐다
없던 아버지가 생겨나도록
비비고 비벼 더 비빌 것이 없어도
손을 비비는 것 외에
다른 것을 할 수 없었다
손을 비비다 보면 열려진 틈 같은 것이
가는 눈 사이로 스며들고
가는 틈에서 녹아 흐르는 것이 밀려 나올 때
너는 스스로를 데우면서 흐르고
삼삼오오 삼삼오오 모여가는 무리들

아무것도 아닌 세상을
거대한 무생물 기계 구조물들을
어둠에 서면
둔중하게 다가오는 느린 움직임을 향해
어릴 적 네가 서 있던 해안 절벽에서 듣던
소리들 첫 음을 모아

할머니가 너의 몸을 씻기던
수돗가에서 시선을 견뎌내던
다른 응시로 반문하던 힘을 모아
바다를 향해 내지르던 그때의 음성을
이곳에서 내보내곤 했다
아무도 너의 고함 소리에 답하지 않았다
소리는 너를 고립시키고 소리의 여진에 고요해지곤
 했다
이것은 너에 관한 말인가
내가 틀어막은 우리의 말에 대한 조화인가


너 걸어갈 때 바지 자락에서 풍기는 나비의 정체를
 아는 사람이 얼마나 있을까
흥얼거림 속에 내려앉던 여름 잎사귀의 빛을 아는
 사람이 있었을까
아무것도 원하지 않으며 알아주길 원하지 않는
 사람들이
대낮을 걸어간다
이것은 도시 오월
이것은 도시 폭염은 아직 오지 않은
이것은 도시 정서를 가다듬는 연습을 하며 책장을
 넘기는 방식에 대해 밤에 결심한다. 커피와 케이크를
 들고 일터를 향하는 남자들의 코트 깃에 네가 아는
 바람이 묻어 있다. 너는 오로지 바람과 냄새와

흔적들로 이뤄진 몸을 매만진다.
너는 도시의 절벽
추락의 기억 없이 추락이 되어버린. 더 떨어질 곳 없는
새벽녘 봄, 피어오르던 목련을 담고 싶어 손을 둥글게
말아 눈에 가져다 대어보았어. 갇힌 어둠 속에 영원한
것이 잡으려고 하면 사라지는 것이 어느 날 물가에서
들여다본 옛 황궁의 그림자처럼 덧없이 아름다웠어.

이것은 또한 도시
선을 넘지 않는 방식에 대해 끊임없이 생각하는 것이
우리 조직의 일이건만 너의 몸 어디에서도 선이나
색이나 상징이나 내면을 엿볼 수 없었다. 절벽과
암흑으로 이뤄진 몸을 이끌고
계절을 사로잡아 배낭에 이고 걸어간다

혹부리 여자의 주름지고 겹쳐지고 늘어진 한 겹
두 겹 서로를 덮고 넘어버린 결들이 흙으로 들어간다.
바지와 이마, 너의 머리칼마다 할머니의 손이 닿지
않은 곳은 없었고 너는 걸어간다
이곳은 도시. 바다로부터 이어진 오래전부터 도시.

별과 암흑을 드나드는 동안 추는 깊고
경계 없이 극한을 오가는 무게가 되는 동안
낮과 밤 어디에도

속하지 않네
아버지를 버려도 될까


도끼를 들고 나무 아래 서 있는 기분은 그것을 해야만
알 수 있는 게 아니고
오랫동안 도끼를 들고 나무 아래 서 있으며 마당을
오가는 뒤로 걷지 못하는 오리를 연민했어.
뒷면 없는 그림자들이 흰 땅을 도는


오리들이 개에 물려 죽은 날, 나는 작은 방에 내 아기를
가두고 있었지. 가두어도 가둬지지 않는 것이 있을까.
그건 바로 나와 아기, 젖을 물고 잠이 든 아기 이마의
옅은 머리카락을 보는 중이었어. 바람이 없는데 네
연한 머리칼은 움직인다. 스스로가 일으킨 연한
바람으로. 이렇게 연약하고 무한한 능력을 가까이서
보는 것.
침묵이 마당에 가득하고 노란빛은 공기 중에
떠다녔네. 엄마 아빠 누나 선생님 발가락 엄지 검지
생선 나귀. 공기 중에 이름을 떠올리게 하는 작은
장치들 미미하고 작은 움직임이 있었네. 너는 연신
눈을 깜빡이며 전깃불이 생기는 것 같아. 너도 해봐.
너는 어떻게 걸을 줄 알게 되었니? 처음 걷던 날을
기억하니? 최초는 모든 최초를 공유한다. 두 발로
걷다가 무색해지면 바짝 엎드리고 싶어진다.

짐을 끄는 짐승일 적 기억이 떠오른 것 같아. 햇볕이
따갑고 아기는 사라질 듯 연하고 오리는 뒤로 걸을 줄
모른다. 이건 너에게 처음 말해주는 사실이야.
나귀들의 움직임이 몇 년 전부터 수상하였다는 걸.
그들이 어떤 해 아래에선 서서 걷던 과거를 기억해
낸다는 걸. 울 밖을 걸어가던 노파의 오른발
엄지발가락이 사라진 지 오래인 걸 소문으로 들은
후 노파를 볼 때마다 보이지 않는 노파의 발가락을
그것만을 생각했네. 어떤 부재들을 마음껏 가진다.

너는 극도로 작고 너는 모든 곳에 분포하며 그러나
목격되지 않는
바람 불어올 때 미세한 실과 같은 결은 너의 이마를
감싸고 너의 손을 움직이게 하며 태양은 너의 바닥을
비추었다.
해 아래 일어나는 너와 네 주변의 사실들이 무수한
실금으로 이뤄지면 너는 그것을 자신에게 싣고
다니리란 사실을, 길 위에서 하차와 하역이 이뤄지는
사실들을 태우고 다니는 사람이 되리라는 것을
알면서도 너는 사실들의 버스, 사실들의 나귀,
사실들의 병증이란 것을 알면서도 입을 열지 않았네.

이 버스에서 내리면 너는 어떤 날의 외침에
응답하는 것.


내리실 분 계세요? 란 말에 손을 들지 않았네. 덜컹
움직일 때 나는 버스 안이거나 정차했다 움직이는
회전관람차 안. 너의 가방 속 필통이 되고 싶었어.
둥근 연필깎이에 연필을 넣고 돌리면 숲의 이름들이
또박또박 떠올라. 혀로 그것을 더듬네. 내 가장 깊은
어둠이 있어요. 희고 매끈한 잠의 돌들이 놓여 있는
곳에서 달궈진 그것을 나눠 주고 싶었어.
어느 밤 경계 없이 극한을 오가는 무게가 되는 연습을
하는 꿈속에서 혀를 움직이다 잠이 깨었네. 빌딩마다
잠드는 사람들의 발가락이 있다. 꼬물거리는
발가락들의 평화롭고 어두운 구멍. 그것이 이 세계의
잠이 되는 것을 알 때 아기의 미소가 번지곤 했네.


내가 아는 말을 해주세요. 화단의 작은 분꽃을 보며
말했어. 꽃들과 꽃잎들 이름들의 말단에 받침을
이루는 빛깔이, 잠시 정차한 흙이 푸우 숨을 토해낸
들어보세요. 이런 물질이 있다는 것을.
'혀의 가장자리에 해당하는 색깔의 단면에 개입하는
감정을 물질로 지니고 있다.'
그러한 이유로 내 손을 잡는 내 손을 들여다보네.
감정이 물질로 스미는 순간. 서늘하게 온도가

뒤바뀌려다 그대로 머무네. 호숫가의 안개가 물러갈
때 풀숲에 드는 한 자락 그늘.

그 애는 문제가 많아요 연민에 가득찬 목소리로
 말하는 이들을 모두 버려도 될까. 덜컹이는 문소리가
 창호지 발린 문 밖에 가득했고 세상에 불길한
 이름들이 모조리 생각나는 저녁이었어. 나는 천천히
 내 입에 붙어 있던 검은 테이프를 떼어냈다. 연민은
 내가 너에게 가질 수 없는 사치품 같아. 너무 비싸고
 반짝이는 것. 기다리는 것이 결코 오지 않는다는
 것을 아는 사람들이 방 안에 모여 있는 겨울이었어.
 두런두런 가두어도 가둬지지 않는 것이 있을까. 거기
 너, 날갯죽지에 새어 드는 흰빛으로 노래하는 너.

『짐을 끄는 짐승들』이란 책 제목이 있다는 걸
 이것을 쓸 때는 알지 못했다.

중 간 층 에    너 는    서    있 고

그들이 대문을 뜯어내려 할 때 너는 극한 어둠에 앉아
있다
오월 감나무는 잎을 단련시키는 대기 속에서 조용히
빛나고
너는 난간에 앉아 일어나지 않는다
분홍과 초록 선이 번갈아 놓여 있는 셔츠
너는 어린이에서 어른으로 자라나는 중이라는데
너의 셔츠는 어디에도 속하지 않는 너
너는 가벼이 벗겨질 것 같아

난간을 어루만지는 너의 암흑은 깊고 깊어
너는 두레박을 타고 내려가는 꿈을
꾸고 다시 꾸고
우물 벽에 자라나는 이끼 곁에서 흔들리는 잠이 되어
공기에 일어서는 작은 풀잎이 되어

대문이 뜯겨져 나가는 동안
대문이 완전히 열리지 않는 동안

원의 둘레를 측정하는 숙제를 몸으로 완성하듯
살아온 둘레를 가늠하며 그것이 여기까지인가
물결과 바람의 영향으로 이곳에 이르렀는가
이 둘레는 불길에 휩싸여 재가 되어 날아왔나
슬프지 않지만 눈물은 자라나고
너는 돋아나는 가슴에 새로운 영향들을 살핀다
탁자에 놓인 시계의 입면처럼
만들어진 곳에서 어긋남 없이 자라나
단지 방을 벗어나지 못한 어떤 시간이
너의 가슴에 있다
분홍과 초록과 파랑과 색으로만 이루어진 포말들
그것을 간혹 보고

너무 가벼워져 무게를 찾을 길 없지만
옷자락을 당겨
무게를 입히는 물체들의 빛깔에 다정하게 말한다
"누군가를 속인 적 없고 속임을 당한 적 없어.
가벼워졌다 무거워졌다 검었다 희었다 반복하는
그것을 나는 한단다."

창문을 닫지 않고 너는 곧 떨어져 나갈 듯한 대문을
바라본다
아버지로부터 받은 어떤 것
지난 세기에서부터 전해준 등짐 같은 것

너는 세상에 너 자신보다 신기한 일들이 많다는 것을
 알아왔지만
문밖으로 나설 기회 갖지 못했고
최초의 암흑과 같은 우물을 발견하여 두레박을 내리고
길어 올려진 것을 바닥에 붓고
바닥에 쏟은 것을 손으로 헤쳐 그것에서 흔적을 찾곤
 했다.
떨어진 단추. 아기의 반지. 실패와 바퀴가 빠진 수레
그것이 어떻게 너의 우물에 들어 있는가
너는 대문이 떨어져 나가는 소리를 듣는 동안에도
생각하고 있다

우물이 다른 통로를 가졌다면
거기엔 또 다른 대문이 있을까 그곳의 감나무를
 비추는 태양은 오월의 태양일까
그곳으로 걸어 들어가면 죽음 없이 숨 없이 머무는
 다른 곳에 이를 수 있을까
그곳에 이르는 길은 물컹하고 축축할까 너는 통로를
 생각하며
이미 다른 곳의 빛에 이를 것만 같다.
문이 부서지고 그들이 들어오고
그들은 통로의 더 안쪽을 향한다
그들이 사라지고 너는 부서진 것들을 향한다

검은색 안에 펜촉과 본디 흰색이었으나 노란색이
되어버린 깃털들, 토막 난 플라스틱 글자와 부서진
그릇. 머리만 남은 자전거와 이런저런 군청색들
이었다. 너는 조명등을 들어 올린다. 통로에 남아
흔적을 읽는 사람이 되어간다.

신 과  항 해

헛것을 본 이후
나타나길 멈추지 않는 얼굴을
봉인하고
검은색을 두른 내가 되었다
나이를 손가락으로 보여줄래
손을 쫙 펴서 다섯을 보이자
덜컹 문이 닫히고 어두움이 드리웠다
가려진 입과 눈을 두고
기어다니는 아이가 하나
아이를 구하러 온 보이지 않는 형체들
그들은 신령한 침묵을 지키고 벽 안에서
응시로 일관했다
벽에서 연기의 흔적을 찾으라고 누군가 말했어
말을 잃은 동물
여기에 또 있네
손이 묶인 노인
짙어지는 눈가에 묻어나는
물기를 닦아내는 원인들

그날 닫힌 방은 벽이 되었고
벽 안에서 본 것을 말하지 않았다
말하지 않은 사람의 소음에 갇힌 정신
사이프러스, 플라타너스 하늘은
높고 우거지고
공기는 청아한데
소리는 가득한데
높고 푸른 곳에
왜 소리를 벗어나 이르지 못하나
말이었으나
말이 되지 못한 말들은
공기를 마시는 입과 코와
밝은 것에 감응하는 눈을 가지고
한낮의 밝은 공기에 나서면 가슴을 헤치고
어둔 입자를 두르고 모서리를 내민다
그것의 얼굴이 푸르거나 검다면
그것들의 웃음은 청초하고 환한 생기로 가득한
연두에 가깝다

어째서 그런 일이
잘못 맺힌 말에도 물이 스미고 아픈 자리 생기고
삼킨 말이 자라 형상을 이루고 형상이
잎이 서넛 돋아나는 가지가 되어
네 앞에 서고

아찔한 고도와 그늘 속에서
붙잡는 것은 그것의 구체성
독일어를 몰랐을 때 독일어를 듣고 터키를
떠올렸어요.
스웨덴어를 들을 때 세르비아를 생각했어요.
네덜란드어를 들었을 땐 중동을 생각했어요.
내 말을 들은 당신들은 그것의 가장 나풀거리는 것에
주목한다
네 말들이 이렇게 자랐구나.

이제 모두 폐기해주세요
나로부터
나를 담은 것들부터
해안에 도착한 커다란 가방을 열면
짐작하지 못할
방대한 침묵이 쏟아져 나올 거예요
나무상자 칫솔 구두와 옷깃에
묶음을 확인하세요

그것을 타고 도착한 것을 후회하는
가방의 최초를 기억하는 사람들이
버리지 않은 나머지를 가지고 표를 만든다

고운 말과 자신을 위해 정한 정책은 필요 없어요

바다의 모래알 사이에서 태어나는 기분으로
작게 흥얼거려보세요
당신은 모래알에 가까워집니다

그러면 당신은 당신 앞에 서 있는
삼킨 말의 자라난 정체를 보게 될지 몰라요
함정이나 우산이 되어줄 수 있을 거예요.
당신은 상처를 대신할 상처를 만들고
조물주를 본받아
새로운 것을 등장시키는 능력을 막아낼 재간이 없어요
그것을 만드는 동안 이곳은 모두 폐기해주세요

기억이 기억 너머로 사라질 때
자기 혀를 손으로 밀어 넣는 감각을 불러일으킬 때
둥근 혀뿌리와 천장이 이루는 언덕이 암흑에 흘러들 때
책상과 지우개 서랍과 밀걸레
나열의 순서가 온전히 바뀌지 않아야 한다는 걸
 수긍할 때
우리의 암흑적 감각은 견고해진다
그러나 무엇이
우리의 눈인가
무엇이 우리의
혀인가

어깨를 떨어뜨리고
담장 아래를 걸어가는 사람의 어깨가 움직인다

그의 혀가 암흑으로 밀어 넣어지는 순간
도시의 반원이 어둠에 삼켜졌다
도시의 반원이 다시 나오는 동안 그가 한 발을
깊은 어둠으로 밀어 넣었다

돼지의 꼬리 끝이 우리 안의 소요 속에서 풀잎을
 희망한다
끝없는 침묵에 흔들리는 식물처럼
끝없는 탐식의
끝없는 끝없음의 소요가
흔들리다 일순
잦아드는 순간
너는 풀잎
눈을 감았다

책상과 서랍
열린 지팡이와 어깨를 잠그는 책상
부유하는 판사와 잠드는 집행관
탄소 성분과 탐색과
인과 요오드가 떠도는 유리관

내가 기진해 돌아누웠을 때
나의 얼굴은 다른 구월을 향하고
나의 등은 유월
칠 년째 해방된 지구의 작은 마을을 비추었을 때
나열의 방식이 작열하는 뇌의 번갯불을 훔쳐 왔다

아직 네 손을 놓치지 않았다.
네 얼굴은 세 번씩이나 회전문 안에 있다.
등꽃은 지고
나는 달린다

나 는   새 라 고   말 하 고

새는 허물어지네
손이라고 말하며
무너지는 해안의 벼랑을

쓸어 올리네
너의 속눈썹
희고 낯선 숲에 움직이는
눈동자

어느 날의 배롱나무를
말하며
물로 들어가네

초록을 의지하는 동안
글자를 읽는 동안
그림자는 책을 덮고
23년 미뤄두었던 꿈에 들어가려
잠을 청하네

잠자리 날개
손
해변의 낮도둑
검은 그림자는 없어
잡으려고 하면 성큼 미끄러져 나가는
인물들이 꿈을 만든다

극장은 그것을 태우고
화형식은 별이 되어서 영원하다

죽은 자와 산 자가 말없이 적대하는 무대에
기어 올라가는 끝나지 않는 손. 손. 손바닥
손가락 발가락 엄지 왜 그렇게 흉한 꼴에 대해선
아무 말도 하지 않았나요
이렇게 딱딱한 의자와 벽들이 즐비할 줄 몰랐어요

화장실엔 레버가 없고 물은 쉼 없이 쏟아졌다
쪼그려 앉아 오줌을 누면 물이 튀었어
나쁜 병에 걸린 것 같아
문 앞에서 돈을 받는 여자도 이미 병에 걸린 것 같아

당신이 주지 않는 동전들만을 모았어요
저 밤하늘엔 태양이 있어
태양처럼 빛나는 어둠


밤이 눈길을 거둔다
들키지 않고 집에 가는 법을 배워라
집을 아는 사람 없고
이윽고 집에 돌아가는 사람도 없다

너 를  재 우 려 고  이 야 기 는  오 네

(어쩌면 솔로몬 볼코프 쇼스타코비치 회고록 『증언』과
 상관없이)
스탈린식 테러 아래
굶주림과 허기를 엎는 판때기를 등에 지고
글자를 읽을 줄 아는 아이의 눈을 가지고
굴로 들어가 선뜻한 푸른빛을 찾았다
입체는 무엇을 밟는 것인가
압제는 무엇을 형성하려는 것인가
물들은 언제 가장 풀이 되는가
유로지비의 눈동자는 둥글다
회청색 노래로 벽을 다듬는다
사제복을 입은 두 사람이 팔을 뻗어
서로의 기도를 연민한다
바호르 안에 가득한 엄숙한 머리들
무슨 노래가 불리길 원하니
밤이 되면 밤은
낮이 되면 낮은
한밤이 되면

낮과 밤은 오로지 밤만을 노래하길 원했다
그것을 동경했다는 것을 어디서든 들켰다
흠칫 놀란다
향나무 가지 끝에 머문
휴양이 끝나지 않는 이의
눈빛처럼
아픈 눈빛은 더 촘촘하고 세밀해지고
아프지 않은 사람들이 굶주림을 견디고 허기를
 지우면서
동일한 걸음으로 나아가고

한낮은 밤과 낮을, 아침은 그 어떤 것도 아닌 것을
동경한다
무에 가까운 것들이 파열의 입체를 지니고 있다

너는 팔월 선인장을 더듬는
뜨거운 쪽으로 흘러가는 손
병든 자의 눈빛으로 걸어가는 입술
아무래도 밤을 기다리던 초원의 동물들
새로 돋은 잎사귀는 스스로 자랑스럽지 않은가
그 잎을 닮은 귀를 너는 지니고
무엇이 둥글지 않겠니
밤을 그리는 수년의 밤은 끝나지 않는데
습도가 높은 날 하늘은 궁륭이란 이름에 맞게 둥글고

감싼다

흙을 머금은 것처럼

마차 안에 한 세기 전 우리가 팔을 뻗어

어루만지던 어두운 얼굴을 덮는다

언젠가 내가 들려준 이야기를 기억하느냐고 묻자

 아이가 말했다

당신이 남긴 말은 땅으로 어둠으로 그 밤으로 사라진

 지 오래지 않냐고

팔이 아팠어. 오른팔과 왼팔에 너를 너보다 작은

 아이를 누이고도

한 아이가 남아서 다리 사이에 눕혔다.


너를 재우려고 만든 거야. 기억할 수 있겠니?

꿈에 그것을 두고 온 것 같아요.

너의 꿈속에 열한 번째 사과나무, 너의 꿈속에

 고슴도치

죽으려고 할 때마다 내게 아이가 셋이었다

바람이 불었고 문이 덜컹인 날

그런 날들에 이야기를 만들었어

냉장고를 열고 통조림을 따고 가스 불을 잊고서도

이야기는 원래 있던 곳을 떠나 찾아오는

저녁의 산그늘처럼 드리워졌다

우리의 어깨들. 내가 낳았다는 아이들보다 나는 더

 어린 것 같아

무엇이 우리를 감쌀 수 있을까

도입이 길고 지루해서 누구든 박차고 나가버릴 이야기

그 밤들엔 그런 이야기들이 필요했다

어린 눈꺼풀이 순하게 내리면 동물과 사람이 하나의

 꿈속에서 웃는다

음성만 남아 뒹구는 작은 별엔 빠진 치아가 쌓이고

잃어버린 음성들이 모여서 바스락거리길 반복한다

이것이 몇 번째 죽음이 될 뻔했는지 알고 싶지 않았어

이것이 몇 번째 죽으려다 살아난 여자의 눈빛인지

 알까 봐 두려웠어

아무리 동여매도 확실히 잡아지지 않는

손을 빠져나갈 것 같은 작은 생명들

나는 걸을 때마다 흘러내리는 사람이 되는데 어떻게

 걸을까

누워 잠을 청하면 꼿꼿하고 푸른 청지기가 찾아든다

무엇을 듣니?

네 목소리,

방 안에 아이가 셋

의도치 않은 목숨들이 거리를 돌아다녔다.

네가 남긴 말은 모두 땅으로 이해된다. 공기로 어두운
숲으로 이해된다. 강이 말했다. 펼쳐진 깃을 잠그라고.
잠그는 법을 잊은 지 오래된걸요. 강이 말했다.
열린 부분을 찾으라고 찾고 나면 그것을 다시 잠글
수 있을 거라고. 잎이 튀어나온 부분이 열려 있는
건가요? 장독대 뒤에서 우는 사람의 꼬리처럼 그늘이
길어지던 날을 알아요. 둥근 것을 그만 뱉으렴
둥근 것을 계속 뱉다 보면 세상이 온통 물이 된다

토 마 토 를   훔 치 는   것   말 고
다 른   일 이   없 어 요


그는 나에게 마지막 기회를 주는 것 같았다. 내가
토마토를 훔칠 기회. 그가 기회를 주지 않았다는
것을 어떤 것으로도 알아챌 수 없었다. 나는 토마토를
주머니에 담았다. 주머니에 담고 주머니 안에 손을
넣어 그것을 잡고 있을지 주머니에 담은 채로만
둘지 망설였다. 그는 내게 망설일 기회도 주는 것
같았다. 그가 바라보는 곳을 향해 그의 눈썹 아니 그의
관자놀이 아니 그의 움직이지 않는 오른 손가락들이
꿈틀거리는 것을 본 것 같았다. 꿈틀거림은 그가 아는
것보다 더 큰 그의 의지 같다. 그것이 망설일 시간을
내게 준다는 것 외에 다른 무엇을 의미하는 것인지
알 수 없었다. 그것은 오로지 단 하나의 의미였다.
그가 전에 살던 곳의 검은 팽나무였을 적부터. 그가
놀이터의 은빛 의자였을 때부터 나는 토마토를 훔쳐야
했다. 그가 그렇게 TV를 보는 동안 토마토를 훔치는
것 말고 다른 할 일이 내게 없었다. 나는 빠져나갈
구멍을 촘촘히 메꾸는 방식에 대해 토마토를 쥐며
배울 것이다. 그것은 오늘 6층 비상계단 입구에서
만난 현자로 보이는 수염을 기른 노인이 내게 알려준

것이다. 만일 오늘 토마토를 손으로 잡게 된다면 그것은 내 삶의 빈 언어들을 촘촘하게 메꿀 방식을 구하는 것이라고. 그는 돌아서면서 사라질 것 같은 얼굴을 하고 있었다. 그들과 같은 사람, 옥상에서 나타나는 사람들, 홀연히 층계에 나타난 사람은 또한 홀연히 사라져야 하지 않는가.

그러나 내가 뒤돌았을 때 그는 사라지는 대신 계단 위에 앉았다. 그는 사과를 깎고 사과를 자르고 그것을 손바닥에 놓고 하나씩 입에 넣기 시작했다. 그의 언어가 촘촘하게 채워지는 방식은 그런 것이었다. 모니터에 썩은 이빨 같은 낱말을 하나 추가하는 것이 그런 것이었다. 대단한 삶의 방식이로군 이라고 말하는 소리가 비상계단 아래서 들려왔다. 시동이 걸리고 차가 출발하는 소리 또한 들려왔다. 버드나무 가지들은 이 시간 자라나고 다시 눈까풀이 감기고 자라나고 물 위에 자라난 것을 늘어뜨리고 그리고 무엇을 부른다. 홀연히 수염을 기른 저녁이 오는 시간을. 나는 토마토를 쥐고서 깜빡 눈을 감았다. 그 역시 눈을 감았다. 그가 눈을 감은 것은 내가 토마토를 손으로 쥘까 말까 망설이기 위한 시간을 주기 위해서였다. 그러나 토마토를 쥐는 것은 눈물이 날 만큼 짠 일이 아닐까. 눈물은 짠맛에 대한 심장의 반응이 되었다. 구식의 책상 위에서 썩지 않고 살아가는 세대를 넘고 거쳐 검고 견고해지는 풍뎅이의 빛깔 같은 것이었다.

풍뎅이만큼 견고한 곤충을 나는 본 적 없단다.
옥수수 껍질을 벗길 때 둥글게 모여 껍질을 뜯는
사람들 중 한 명이 말했다. 토마토를 가져온다는 그
애는 안 오는 걸까. 날이 이렇게 밝았는데 우리는 밤을
지새울 준비를 하고 있었잖아. 토마토 안에는 가장
검고 우울한 점액질의 흔적들이 남아 있다.
그 안에 든 불씨 같은 성격들이 알알이 어딘가로
침입할 가능성만을⋯ 오로지 가능성만을 오물거리고
있다. 그것으로 오늘도 불을 밝혀야 하는데. 잠을
자면 이제 다시는 이 꿈으로 들어올 수 없다는 걸.
아직 그는 입술을 실룩이고 손가락 끝을 움직이고
있어요. 달달 떨 만큼 그가 꿈으로 가득 차게 되면
우리 중 누가 다시 이탈자가 될지 알 수 없잖아요.
옥수수 껍질을 벗기고 수염을 모으는 사람들이
눈길로 그것을 쓰다듬는다. 하지 않아야 할 행동에
대해 말하지 않아도 하지 않아야 할 행동만을
모으는 사람들처럼 그들이 모으고 있는 것들이 눈에
가득하다.

  누가 가장자리를 좀 일으켜줄래요. 껍질을 모아야
해. 난 너무 오래 껴입고 있는 기분이야. 바닥부터
천천히 나를 입히려고 오고 있는 이 여물지 않은

냄새들이 익숙해질 일은 없을 거야. 그런데 너는 왜 아까부터 너 자신에 대해 나라고 말하는 거니? 너는 나를 빼고 말해야만 이 꿈속에 있는 것이 가능하다는 걸 잊고 있었니? 만나를 먹고 광야를 탈출할 때부터 나는 만나에 대해 의심했어요. 어머니가 내 몸을 그의 밑으로 내어놓을 때부터 나는 탐식자의 식탁과 같은 이 꿈의 장면을 온도로 알고 있었어요. 이제 그만이라고 말하고 깨어나고 싶을 때 꿈을 연장하는 얼굴들이 나타나 나를 강가로 데려갔어요. 다시 말하는 법. 이제 옷을 잠그는 법을 배우거라. 옷을 열면 그건 너무 차가운 제2의 꿈이 될 거야. 가만있는 법을 배워라. 강가의 버드나무처럼 가만있어도 너는 충분히 자라날 거야. 충분한 관수가 필요합니다. 이제 그 말을 그만 잠가야 하지 않을까요. 강가엔 폐교가 있고 폐교엔 여지로 가득한 빛과 소금 그리고 바람과 대나무 소리가 있답니다.

그것은 너무 우아한 꿈이 되지 않을까요. 생태적이라는 말의 우아한 소비에 대해 어느 정도 알고 있겠죠. 나는 꿈이 되는 것이 창피했어요. 나는 꿈이 되는 것이 리코더를 피리라고 부르는 것과 비슷하다고 생각했어요. 피리라고 부르는 건 돌아가신 할머니뿐이었고 그녀는 전쟁을 겪는 동안 사라지고 남은 몇 개의 말들만을 돌려서 사용했거든요. 치아와 혀 모두 튼튼하게 아껴야 했어요. 단어를 많이 뱉으면 배가 금방 고프다는 인식이 퍼져나갈 때였죠. 한정된 단어를 혀뿌리에 이식하고 얼굴이 검어진 그녀의 얼굴을 나는 기억해.

그녀가 낳은 나의 아버지는 미남자였대. 그리고 그는 가난했어. 온 마을이 그의 가난을 비웃었어. 그의 가난이 다른 사람들의 부끄러움을 대신 덮어줬어. 그해 부끄러워야 했던 사람들이 있었거든. 그들은 신발을 여러 켤레 갈아 신고 도망자가 되길 원했지만 아버지의 가난이 그들의 도망을 필요 없게 할 만큼 뚜렷한 사건이 되었지. 어떻게 그게 가능하냐고. 우리는 어떻게 그게 가능한지 되물을 일들이 가득한 곳에서 방금 눈을 떴잖아. 그런 일들만이 가득한 곳에서 너는 어떻게 오늘도 고기가 들지 않은 햄버거를 사고 있지?

잠깐 네가 했던 질문이 뭐였더라. 내가 들려준 이야기를 기억하느냐고 물었지. 너는 몇 번째 꿈에서 이야기했는지 기억하니? 그것이 수십 겹로 포개어진 속에서 울려 나오다 잉태하는 울음이 되었던 걸 기억하니? 그것이 불면이 되어 실과 함께 바닥에 풀어져 있는 걸 보고 돌아왔니? 끝끝내 욕을 내뱉지 못하고 돌아서서 너는 길게도 욕설을 써 내려간다. 아니에요. 우리는 사랑의 말을 가장하고 이곳에서 발이 다하도록 걷고 있는 중이에요. 그것이 진짜 사랑의 말이 될 수 있는지 몰라요. 따개비 옆에 붙어 따개비의 일부가 되어가는 플라스틱 그물의 흔적처럼요.

꿈이라는 말을 다시 뱉어보세요. 말의 여린

가장자리와 짙은 동그라미 안으로 모여드는 치어들.
어젯밤 흠씬 두들겨 맞은 사람과 그를 팬 사람이 누워
있어요. 나무 아래. 그들 위로 순하고 여린 바람이
불어오는. 그것은 영원히 깨지 말라는 염원처럼
부드럽습니다. 다들 숨을 죽인 순간처럼 숲의 동물들도
찾아오지 않습니다. 멀리서 빛나는 뿔을 이고 걸어가는
사슴과 꼬리를 바짝 세우고 무엇을 엿듣는 청설모의
시간은 아무런 방해도 받지 않고 있어요. 그들은
움직이면서도 자고 있어요. 그것이 꿈 안이든 잠
밖이든 잠과 꿈의 얇게 저민 무의 양면 같은 경계이든
미끄러지지 않은 채로

슬 픔 의  몸 이  있 다 면
너 의  입 에 서  나 온  둥 근  말


광둥어를 모르는 나는 광둥어를 들으며 슬픔의
 모양을 상상한다
슬픔의 몸이 있다면 저 사람에게서 나오는 둥근 말이
 아닐까
볕은 적정온도를 유지하고 너를 둘 합친 크기의 돌이
 성벽으로 옮겨지고 있다.
성실함이 신의 일부를 이루는 것이라면 여기 모인
 사람들은 신에 가까운 사람들이군요.
무엇을 매만지는가에 따라 당신이 장차 가까워질
신의 성분을 알게 될 것입니다. 개나리 노란빛, 상여의
흰 꽃, 강 위를 달리는 열차 한 번에 너무 많은 것을
알아버렸어. 다시 볼 수 없는 것들이 나를 채우고
있어요. 강둑을 달리는 동안 한 번도 교체되지 않은
것이 어떤 기분인지 알 수 있었어요. 흐르는 내내
빛나는 말을 뱉어내는 것 같은 강물의 교체되지
않는 시간을, 서서히 무너지는 동안 교체되지 않는
집을, 신과 신의 교체하거나 바꾸지 않은 순서를,
박수 소리와 쏟아지는 빛줄기를. 유원지에 떨어지는


140

이전부터 지금까지의 햇빛.
나는 나를 우리는 나를 나는 너를
슬픔으로 데리고 들어갈 방법을 찾지 못했다
성벽을 도는 동안 배가 고프지 않았고 목질이 죽에
 가까운
자루들이 여기저기 있는 것을 발견했다
단단해지지 않은 나무를 보는 것은 너의 심장에
손이 닿는 것을 떠올리게 했고
한 사람도 슬픔이 어디에 최종 붙어서 움직이지
 않는지 알 수 없었다.
그것을 알아야만 떼어낼 수 있을 텐데 말과 함께 밀려
 나가기 전
너의 가장자리 밖으로 사라져서 돌아오지 않는가
 싶었다가 지붕 위의 들고양이처럼 여전히
너의 가장 높은 곳을 향하는

한 사람도 제외하지 않고 데리고 들어갈 거야
동굴의 밖에는 서리와 같은 어둠이 쌓이고
여긴 둥글고 더없이 환하다
개의 하품
목련이 핀 밤의 언저리
꿈에 헛디딘 곳마다 선이 생겨나고
접히고 있어
이곳이 접히면 나는 이제 막 일어나서

물을 끼얹는 사람이 될 거야
새로운 규칙을 만들어내고
나무의 곁에서 옛 왕의 그림자를 떠올릴 거야
이생에서 쇼핑을 마친 너의 환한 웃음이 되곤 해
쇼핑을 마친 너의 환한 얼굴이 가장 슬펐던 날
너는 어떤 끝을 잡고 있는가


기억은 의지로 만들어지고 의지는 흙이 이겨진 바닥에
무늬를 이루고 있다. 동심원처럼 깊게 팬 흙의 무늬가
땅 여기저기 드러나 있다. 팬 곳에 손을 얹는 마지막
사람이 있다. 너는 늘 마지막이다.

이 중　연 습

비밀스럽고 한정된
거칠고
들판처럼 자유로운 검은 눈빛을 사랑해

그곳으로 가기 위해 많은 것을 걷어내고 치우고
밀어내며 나아가야 했어

밤은 오로지 밤에만 있어서 밤으로 가는 길엔
얼마나 많은 방해가 있는가
눈이 묻은 창을 닦고 부러진 나뭇가지를 헤치고
그곳으로 갈수록 멀어지는 것은
밤이 거기 정말로 있기 때문이야

이 삶에 대해 말할 것이 없다
작은 것에 대해 말할 것이 없다
기억하는 검은 머리통
만지고 싶던 손가락
내가 원하는 것은 부엌에서 피어오르는 연기조차도

이 삶에 속한 적이 없다
삶은 연약한 단어니까
이 흙에 속한 적이 없다
이 땅에, 생활에 속한 삶은 너무 멀리 있어
한마디로 말해지지 않는
숨 쉬고 눈 멀고 손을 잡고
나아가고 밀어붙이고 떨어져 나가고 잎을 뜯고
사랑하는 것에 대해 아무도 말하지 않았다

휘파람 소리 들판을 건너가는 갈색 동물들
밤의 동물들을 사랑해
밤의 색이 스민 낮의 활동들이
연대가 불가능한 밤의 이미지들이 건너간다
불의 시간, 종이 울리고
거품마다
옛 지기의 웃음 들린다

운하의 기둥에 등의 절반을 숨긴 사람
들판에 매인 황소의 빛깔이 하나의 장면에 들어간다

영 원 한   다 섯

내가 다섯 살 때 외가에서 며칠씩을 보냈다
종종, 때로 너무 자주
외가에서 밥을 먹고 잠을 자고
이불 속에서 발 장난을 하고

사랑을 받는 것인지 사랑을 받아야 하는 것인지
증오인지 증오의 포옹인지
그것이 위험인지 안전인지 모를
며칠을 보냈다
외가의 외양간이나 집으로
어쩌면 몇억 광년 떨어진 우주의 다른 별로 보내지듯
멀고 먼 검은 곳,
돌아보면 아무도 나를 알아보지 못했다
엄마는 그릇을 떨어뜨리고
아버지는 모습을 감췄다
그제야 내가 제대로 돌아온 아이가 되었다는 것을 알았다

내가 다섯 살 때 의미 없는 돌봄과 보내짐이 행해졌다
집에 돌아온 어느 날 나는 슬펐고

탁자에는 접시 위에 알약이 있었다
그것을 입에 물고 꽉 깨물어
그것을 쓰게 삼켜
다시는 엄마와 아빠와 동생들을
방과 이불과 베개와 온돌과 이 냉기와
헐거운 지붕과 벽으로 둘러싸인 세계를 만나지
 않으리라 생각했다
눈물이 흘렀으나 그것은 나 아닌 내 안에서 나 모르게
 자라난 엄마아빠의 아이의 것이라고 생각했다


내가 다섯 살 때 검은 테이프로 입이 막힌 채 종종
 방 안을 돌아다녔다
장님 놀이를 하는 대신 소리 내지 않는 술래가 되었다.
본 것을 말하지 않는 연습을 하는 것은 중요한 일.
세상을 산책하던 신도 가로막힌 검은 테이프를
 지니고 있다는 걸 알 것 같았다.
내 안에 숨어 나 모르게 자라나는 엄마아빠의 아이를
 만나는 일. 아픈 것은 어쩐지 달콤했다. 그 달콤함이
 어디에서 시작되는 것인지 모르는 채 달콤했다


어쩌면 사랑도. 어디에서 시작된 달콤함인지 모르는
 채 어떤 사이가 쉬지 않고 두 축이 달고 달고
 닳아져간다
너무 달다가 헐어버린 눈동자 손가락 끝

눈물이 흐르자 나는 내 안의 그 아이에게 속삭였다
이건 아주 작은 일이야
미움을 받는 일보다 달콤하구나
없는 내일을 깨물어 터뜨리는 것
없는 웃음 없는 착한 아이
없는 선한 일들과 없는 염소의 자라나지 않는 뿔을
 피하는 것
없는 외양간과 없는 부모의 손을 꼭 부여잡는 것


　　나는 왜 그것을 보았을까. 1992년 오월, 버스를
타고 집에 가는 중이었다. 문민정부 들어서고 더 이상
최루탄을 쏘지 않았다. 최루탄 없는 오월은 어쩐지 맥
빠진 대기. 나는 알싸한 곳을 찾아 얼굴을 묻고 눈물을
흘리고 싶은 기분이었다. 최루탄은 없지만 거리에
전경이 깔렸다. 전경은 얼굴이 없다. 전경은 발이
없다. 전경은 팔이 없다. 전경은 허벅지가 없다. 전경은
얼굴이 없다. 전경은 그러니까 사람이 아니다. 버스는
남광주시장에서 좌회전으로 꺾는 중이었다. 전경들이
점심을 먹고 있었다. 전투모를 벗고 그들의 가슴에 찬
쇠창살 같은 것을 내리고 식판을 들고 점심을 먹고
있었다.


　　그들의 검은 머리통. 머리는 인간의 신체에서
그 비율이 적게는 8분의 1, 혹은 6분의 1을 차지한다.

머리의 전면을 우리는 얼굴이라 하고 뒷면을
뒤통수라 부른다. 머리의 전면은 흡사 다른 세계처럼
고요하며 재능으로 풍부한 갓 태어난 생명체. 당신이
눈을 감고 있다 떴을 때 거기 하나의 얼굴이 있다고
그려보자. 그것은 모든 잠재성을 가진 흡사 수련이
가득한 연못. 생명체로 가득한 생태계와 같다. 그것을
품고 걸어 다니는 얼굴이 없는 사람을 상상할 수
있는가. 숨이 꺼져 사라지는 순간. 얼굴의 재능은
사라진다. 그것은 비눗갑처럼 아무것도 불러일으키지
않는다. 그렇게 숨이 꺼진 얼굴을 대할 때 우리가
느끼는 당혹감

　　버스가 회전을 아무리 천천히 해도 십여 초. 그들의
얼굴에 드러난 재능을 모조리 보고 말았다. 그것은
내게도 있는 것이었고 앞으로 당분간 지금까지 내가
잊지 못할 머리의 뒷면과 앞면 그리고 얼굴의 재능을
그 재능을 멈추지 않기 위해 그들의 입으로 부지런히
밥을 가지고 가는 그들의 손, 그들 팔의 움직임. 오월의
사라진 매캐한 냄새는 문민정부에 들어서자 거리에서
점심을 먹는 전경들의 얼굴이 되어 돌아왔다.


　　우리가 어둠에서 오기 전 아버지는 우리에게
몇 개의 동전을 주며 말했다. 생육하고 번성하라.
우리는 우리의 지체든 우리의 머리칼이든 우리의
심성이든 우리의 생육이든 우리의 동전이든 모든 것을

번성케 하려는 습성을 지녔다. 누군가는 그 습성을
혐오하여 곳간과 같은 곳에 들어가 도포를 뒤집어쓰고
은둔하였다. 아무것도 하지 않으리라. 그런 그들의 배
아래에도 생육과 번성의 이둠이 뿜어져 나오고 있었다.
그들은 먹지도 싸지도 않고 싶었지만 머리의 앞면을
포기하지 않는 한 숨어서 자라나는 재능을 숨길 수
없고 자라나지 않을 수 없었다. 무엇이든 자라난다.
네 손을 꽉 움켜쥐더라도 경련이 통증이 피의 어둠이,
속도가 한곳으로 몰려가는 대열의 엉뚱함이 자라난다.

　　버스는 남광주 시장을 벗어나고 나는 집으로
돌아왔다. 나는 가방을 내려놓고 점심상을 들고 오는
엄마에게 말했다. 남광주 시장을 오는데 전경들이
밥을 먹고 있었어요. 엄마는 놀라지 않았다. 엄마
전경들이 밥을 먹고 있었어요. 나는 방문을 열고
들어가 동생에게 말했다. 전경들이 밥을 먹고 있었어.
두 번째 말을 하자 나는 내가 나쁜 애가 되어버린
것 같았다. 세상은 침묵으로 이루어져 있는데 입을
다물어야 하는 순간이 와도 나는 입을 다무는 방법을
모르는구나. 엄마아빠는 그래서 내게 검은 테이프를
붙여버린 거야. 나는 테이프를 붙이고 밥상 앞에
앉았다. 엄마와 아빠는 파란 천을 뒤집어쓰고 있었다.
이상한 일은 종종 일어나니까. 아니 모든 순간이
이상하지 않은 적이 없어.

밖은 비 오기 직전 세상이 불을 모두 끈 것 같은 날씨가 계속되었다. 아깐 그렇지 않았는데 햇볕도 있고 날은 건조했는데 문득 전경들도 나와 같은 날씨에 있는 걸까 생각했다. 나는 먹을 수 없었다. 나는 검정 테이프를 입에 붙이고 앉아 말을 하지 않고 밥을 먹지 않았다. 나는 그릇을 뺏기고 그날도 매를 맞고 눈물을 흘리고 방에 누웠다. 전경들도 누워서 잠을 잘까. 그들은 집이 있을까. 그들의 머리는 더 작았던 적이 있을까. 깎은 머리는 너무 작아 보이던데 전경은 다섯 살을 살았을 것이다. 그들은 엄마나 아빠가 있을까. 나는 밤을 사랑했다.

밤은 모든 것이 동일한 자세를 취하는 시간. 나무는 옆으로 누워 잔다. 나무의 곁에서 밤은 옆으로 자는 나무에겐 옆에서 안아주는 바닥이 되고 위로 누워 자는 나무에겐 위에서 안아주는 바닥이 된다. 누구에게나 바닥은 필요하니까. 밤은 동일한 자세를 위해 부지런히 고요하게 움직여 누군가의 바닥이 되어준다.

나는 검정 테이프를 떼지 않고 말하는 법을 이후 알게 되었다. 입을 작게 벌리고 검고 어두운 소리를 내뱉는 법을 알게 되었다. 내 입에서 나오는 것은 모두 밤의 알갱이들이야. 동생의 귀에 대고 속삭였다. 동생은 사랑을 많이 하는 사람이 되었다.

동생의 밤은 점점 늘어나는 사람들이었다. 나는
검정 테이프를 내내 붙이고 말하느라 내게 검정
테이프가 붙어 있다는 것을 잊어버렸다. 어느 날 한
여자가 나의 얼굴을 어루만지다가 조심히 내 입에서
그것을 떼어내었다. 나는 알몸이 되어버린 것처럼
놀라고 당혹스러워 말을 할 수 없었다. 그녀는 내게
그것을 보여주며 모두들 내 입에서 그것을 떼어주고
싶었을 것이라고 말했다. 나는 검정 테이프를 들고
집으로 들어와 방을 쓸기 시작했다. 내가 낳은 기억
없는 아이들이 바닥을 기어다니고 있었다. 열 살이
넘었는데도 아직도 기어다니다니 눈물을 흘리자
아이가 내게 말했다. 우린 기어다니는 게 아니야.
여긴 내 하늘이라고

　　검정 테이프를 떼었다 붙였다 반복했다. 나는
영원히 사라진 검정 테이프를 찾지 않을 것이다.
당신 것은 내게 없다.

또한 밤의 그늘을 사랑해
이쪽 날개에서 저쪽 날개까지
당신과 가장 멀리 있는 나를 공평하게 덮어주는 어둠이
창을 닫지 않고 잠든 이의 얼굴을 덮을 때
내 날개는 붉다. 동시에 당신이 되어

안개가 나무와 함께 자욱하게 피어오를 때
이름을 잊어버린 마을의 냇가에 당신이
앉아 있어야 할 그곳에 사라진 당신의 허공을 앉힐 때
한 줄 한 줄 빛을 따온 음악이
흐르던 낮을 모두 조용히 삼키는 저 어둠이 몰려오면
나는 행복한 포식의 소리로 채워지네
습기가 피어오르는 슬레이트 지붕 아래 창고에서
모이고 많아지는 귀뚜라미의 뱃속처럼

그 가  잃 은  왼 쪽  뺨 이
깊 은  곳 으 로  흐 르 네

I.

동물과 식물 항아리 전봇대 밀짚모자 금붕어
버드나무와 말하지 않는 것들, 말할 수 없는 것들
하늘을 보는 것들, 고라니, 점점 늘어나는 말 없는
풀, 동물과 식물, 아무리 말해도 많아지지 않는
고유명사 추상명사.
사람들을 몰아내고 도시로 가져갈
물을 가득 채우고
다시 마르게 하고 채우게 하고
하늘 뒤집힌 하늘,
눈을 뜨면 보이던 하늘은 물 너머에

단 하나는 숨어서 이 마을을 벗어나지 않았어. 최후의
단 하나, 나무 아래 뿌리 아래, 더 오래된 뼈가
되기로 했네. 물을 보는 뼈가 되기로 했네

TV와 살림과 너의 성적표와 나의 일기장과 플라스틱
바구니 고무신과 엄마가 처음 산 압력솥이 거대한
더미가 되고 길을 내고 벽을 세우고 푯대를 세우고

놀이터를 만들고 사람들을 옮겨왔어. 불행을 구입하여 불행을
만들고 불행을 사서 행복을 구축하는 지적인 동물


2.

그는 왼쪽 뺨을 잃었 대
그의 왼쪽 뺨의 슬픔은 더 깊어졌다
어떤 엄정한 기계에서 시작되었는지 모른다


그는 손가락을 잃었어
아무도 그것을
그 자신도 슬퍼하지 않는다
손가락은 손가락
목숨을 잃지 않으면 아직 잃은 게 아니야
단지 한 마디 뼈와 살


음악의 사라진 악절을 흥얼거리며
작고 둥근 사라진 도막이
다른 곳으로 밀려간다
사라짐을 처분하는 천국의 창고
밀려가는 일부는
노래였고


나는 방바닥에 얼굴이 눌리고 걷어차였다

그것은 바닥처럼 잠잠한 일이 되었다
모든 일은 시간이 지나면 그러니까
아름다워지는 것에
일종의 사랑에 포함되는가
그것은 어떤 납작한 음화가 되어 나부낄까

이렇게 계속 아프다는 게 너의 발전을 저해하고
발목을 붙잡는 장애물이라는 속설이 아니 믿음이
뼈들 사이에 심장 고동 속에
마찰음처럼 퍼져간다


   3.
슬픔을 드러내지 않는 성숙을 알고
강인한 정신을 되새기고
어둠을 동경하며 사무침을 버리는
어떤 표정도 갖지 않고 옳고 그름도
선택하지 않는 얼굴에서 미덕과 균형을 찾고

네 발밑을 봐 질컥이는 진창이 누구의 끈끈해진
혈액으로 뭉쳐 있나

수직을 가진(가로로 눕히려 해도 자꾸 세로로 선다)
사람들은 아름다움을 찾는다

돌멩이들 아름답더라
아무렇게나 생긴 얼굴의 자유
생기다 만 재능의 가능성
산책을 하면 고요하게
가슴이 부풀어 오르는
잃어버린 다양성
먼 곳을 돌아오네
때로는 돌빛으로 단아한 필체로
입자들 실들의 직조 틈새로 스며든다

정교한 화폐가 되어가는 중이에요
적극적으로
정신과 자유를 주워 담는 방법을 알려주고
이렇게 친절한 세상에서 너는 왜 조용하니

고라니
캉
돈이 없어도
목소리가 있으니 다듬어라
표정 없이 담담한
어조를 만들어라
그래도 목소리가 있으니까

4.

1993년 겨울, 목소리가 없는 사람을 보았어
그의 목에는 움푹 팬 구멍이 있는데 그가 소리를
지를 때마다 소리는 구멍으로 사라졌어
그는 군대에서 목소리를 잃었다는데
그의 엄마가 알려주었어
군대는 총알을 빼고 목소리를 잃는 수술을 지원했대
거리에서 소리 없는 소리를 지르던
그는 살아 있을까
소리치는 사람으로 살아 있을까

그는 술을 너무 마셔
술을 마시는 것 외에 대화를 배운 적 없는 사람이
맞고 때리는 것 외에 사랑을 본 적 없는 사람이
담장에 걸린다

이제는 우리
소리를 잃을 차례


5.

사실 아무것도 할 수 없어
그저 밤을 사랑해
공평하게 나눠진

밤을 사랑해
덮어주고
잊어라 잠들어라
불을 밝히지만 네가 잠들지 않으면
의를 행할 수 없어
낡지 않는 기계 아래
잠들어라 아기야

그래 나도 밤을 사랑해
잊어버린 것들이
반짝이는 재능이 되어
다른 별이 될
어둠 속 모서리를 곧 불러일으킬

얼굴이 되어 돌아올
다시 오지 않을 낮을 셈하고 있는
저기 저곳
순간의 어둠을 사랑해

지치지 않고 집어삼키는 불길은 이제
무너져 내릴 것이다

시 간 의 흐 름   시 인 선   2

이중 연습
1판 1쇄 2023년 1월 23일 펴 냄

지은이. 정나란
펴 낸이. 최선혜
편 집. 최 선혜
디 자인. 나종위
인쇄 및 제책. 세결음
펴 낸곳. 시 간의흐름
출판등록. 제2017-000066호
주소. 서울시 마포구 토정로 33
이 메일. deltatime.co@gmail.com
ISBN 979-11-90999-13-7 02810